우 리 의　　　사 람 들

우리의 사람들

박솔뫼
소설집

Changbi Publishers

차례

우 리 의
사 람 들

친구들이 숲에 갈 것이라고 했다. 후지산에 있는 주카이숲이었는데 자살자들이 많이 나와 그것으로 유명해진 숲이라고 했다. 도쿄에 있는 테리야마는 어쩌다 사진작가 한명과 친해졌는데 그 사진작가가 주카이숲에 간다고 하여 모두 따라가기로 한 것이다. 일정은 새벽 두시에서 오후 여섯시까지였고 전날 밤늦게까지 술을 마셨기 때문에 밤을 새우고 출발할 수 있을까 그 상태로 여섯시까지 버텨낼 수 있을까 그렇게 다들 갈까 말까 하다가 결국 그냥 안 가기로 하였고 다음 날은 내내 이곳저곳을 돌아다니다 술을 마시고 놀았다고 했다. 나는 나대로 혼자 방 침대에 누워 텔레비전을 보다가 숲에 가지 않기로 했다는 이야기를 들었는데 차를 마시다 커피를 마시다 쏟아지는 햇빛을 보다 그러나 친구들이 숲에 갔을 것이라는 생각도 했다. 테리야마의 단골 식당 주인은 그곳이 너무 위험하기 때문에 가지 말라고 여러번 진지하게 말렸다고 했고 그 말도 맞을 것이라 생각하지만 심심해서 찾아본 그 숲은 국립공원의 일부라 생각처럼 위험하지는 않다고 했다. 물론 밤중에 혼자 손전등이나 물 같은 걸 챙기지 않고 가면 위험할 것이다. 그렇지만 안내판을 따라 걷고 깊은 곳으로 들어가지만 않으면 위험하지는 않다고 했다. 머릿속에서 친구들이 등산 양말을 신고 등산 가방을 메고 손전등을 들고 안내판을 따라가는 모습이 그려지다 말았다. 하지만 내가 그리는 친구들은 입던 옷 그대로 아무 준비 없이 그런 숲에 가버릴 것 같다. 빌려 신은 신발에 흙이 묻고 신발코는 이미 진흙에 묻혀 마치 갯벌 속에 있는 것처럼 힘들게 발걸음을 옮기는 모습을 생각했다. 그들은 아 진짜 싫다 아 진짜 좋다를 번갈아서 말할 것이다. 아마도 사진작가는 조금 위험한 곳을 향해 갈 것이라고 생각했다. 어딘가 해골이 있고 죽은 자를 향한 불단 같은 것이 있는 그런 인적 드문 곳에 갈 것이고 예민한 친구들은 괴로워하지만 바람이 부는 방향이나 세기 같은 것 하나하나에 섬

세한 기계처럼 반응하는 것이 한참 동안 머릿속에 남아 있었다. 나는 늘 어딘가에서 친구들이 우왕좌왕하며 지금과는 다른 상황에서 재미있게 사는 모습을 그려보게 되었다. 친구들만이 아니라 나도 내가 부산 중구에서 산다든가 그때는 결혼을 일찍 하고 당연하다는 듯이 애도 두명 있다든가 하는 생각을 많이 했고 또 그런 세계가 있으리라는 것을 깊고 가볍게 믿었다. 몇년 전 용두산공원으로 향하는 부산의 사람들을 보며 자연스럽게 모든 것을 믿은 것 같다.

12월 31일에서 1월 1일로 넘어가는 밤을 온양관광호텔에서 보내는 것이 좋았다. 몇년째 하나의 의식처럼 새해를 온양에서 맞이하고 있었는데 온양에서 그럼 무얼 하나 무얼 하냐면 온천에서 목욕을 하고 근처 청국장집에서 청국장을 먹고 온양역 근처 까페로 가 커피를 사와 마시며 호텔로 돌아가 넓고 텅 빈 침대에 누워 가뿐해진 몸으로 이상하게 그럴 때 새해를 맞이하여 새롭게 잘 살아보겠다든가 하는 생각은 들지 않고 어딘가 키가 크고 밋밋한 얼굴의 남편과 두 아이와 함께 있을 부산의 나를 생각하며 그 사람이 잘 살고 있겠지 그런 생각을 하게 되었다. 그런 것을 나는 몇년째 해가 바뀔 때마다 하고 있었다. 부산의 나는 대부분은 결혼한 상태로 아이를 키우고 있지만 어떨 때는 선박 회사나 여객 터미널에서 일하며 혼자 오래된 아파트에서 살고 있었다. 다른 세계를 생각해도 엄청난 것 대단한 것을 떠올리지 않고 같은 나라의 다른 도시의 내가 살 법한 조건들을 그럼에도 현재로서는 선택하지 않은 걸음들을 간 사람을 가정하는 것이다. 부산의 내가 아니라면 다른 나라의 이미 죽은 배우들에 대해서, 내가 태어날 때쯤 죽은 1950~60년대 태생의 미인들을 떠올리며 그 사람들이 부산의 나처럼 가깝고 애달프게 느껴지게 되는데 그 사람들 역시 부산의 나처럼 가볍고 깨어질 듯하지만 소중한 하루하루를 잘 살고 있을 것이라 생각하게 되었다. 먼 시간을 이해하지만 이곳에 지금에 없는 사람들이 왜인지 관대한 웃음으로 다시 먼 시간을 하루하루 살아가고 있을 것이라는 것만 그려졌다. 1983년의 어느 여름날을 계속해서, 1978년에서 1981년까지를 천천히 하루하루 말이다. 생각해보니 온양관광호텔이 오래된 곳이라서 그럴지도 모르겠다 싶기도 했다. 12월 31일을 온양에서 보내지 못하면 1월 1일이라도 1월 2일이라도 그곳에 갔다. 어쨌든 하루는 온천을 하고 다음 날이면 왜인지 들뜬 맘으로 온양시장으로 가 칼국수를 사 먹고 시장 안에는 아주 작은 헌책방이 있었는데 그곳에서 책 구경하고 떡볶이, 튀김을 가만히 보다가 한개씩 서서 사 먹고 역 근처에서 호두과자를 사서 서울로 돌아오는 것이다. 온양-서울은 지하철로 갈 수 있어 가까울 거야 편하겠지라는 생각이 들지만 의외로 졸다 깨다 아직이군, 하는 생각을 하게 하는 거리였고 하지만 그래서 어딘가로 향하고 있다는 기분이 들어 좋았다. 12월 31일이 되면 어째서 나 자신과 가족들 친구들이 아니라 어딘가에 있을 것이라 믿게 되는 그림자 같은 이들을 생생하게 떠올리게 되는 것일까. 1월 1일의 새벽 아직 덜 마른 머리를 빳빳한 침대 위에 누이며 모든 멀고 생생한 이들이 잠깐 온양에서 잡힐 듯이 가까워오는 것을 느끼며 잠이 들었다.

올해는 온양에 가지 못했고 대신 아니 대신이라고 해야 할까 아무튼 간에 후지노에 갔다. 후지노에 간 것은 사쿠라이 다이조라는 연극연출가와 그의 극단인 야전의 달

멤버들을 만나기 위해서였다. 사쿠라이 다이조의 후지노 집에서 머물며 12월 31일을 보내고 새해를 맞이하였다. 사쿠라이 다이조는 맛있는 음식을 많이 해주었다. 간 무가 올라간 꿀을 넣은 닭조림과 해산물이 많이 들어간 스파게티, 메밀국수 그리고 기억나지 않는 여러가지 음식들을 해주었다. 야전의 달 멤버인 모리 씨와 센엔은 만두를 여러번 만들어주었다. 사쿠라이 다이조는……이라고 말을 시작하니 또 그에 대해 어떻게 설명을 해야 할까 연극연출가 혹은 연극인이나 연극배우라고 하면 되는 것일까 순간 막막하여 이전에 내가 쓴 글을 찾아보았다. 그 글에는 이런 식으로 정리가 되어 있다.

“사쿠라이 다이조는 어떻게 그럴 수 있나 싶은 것들을 지속해왔는데 1970년대 우치게바로 친구들을 잃은 것에서 시작해, 텐트를 메고 홋카이도에서 오키나와까지 일본 곳곳의 버려진 곳 탈락된 곳으로 향했고 그곳에서 관객으로 온 야쿠자들이 필로폰을 하고 있는 앞에서 일본이 식민지 노동자들에게 어떻게 필로폰을 썼는가 하는 내용의 장면을 연기해야 했고 몇번이나 무대에서 천황을 죽였고 수배 중인 일본 적군파나 동아시아무장전선 멤버들이 조명기 뒤에 있기도 했고 1970년대 극장 붐과는 무관하게 텐트만을 밀고 나아가 아직 저런 것을 하는 시대에 탈락한 사람으로 취급받았다. 그사이 동료들은 좌절하기도 괴로워하기도 했고 결국 떠나기도 했다. 이후 그는 광주로 가 한국 역사를 체험하고 그것을 새로이 시작한 '바람의 여단'의 시작으로 삼았다."

나는 그의 공연을 볼 때도 적잖이 긴장을 하였지만 그와 밥을 먹고 그의 집에서 묵는 것에는 더 많이 긴장을 했고 조금 두려워했다. 그 사람이 너무나 철저하고 강인한 사람이라 내가 말을 붙일 수도 없을까봐 혹은 왜인지 실망을 할까봐 등의 이유로 말이다. 사실 이전에 그와 대화를 나눠본 적이 있기 때문에 이런 걱정은 조금 터무니없었지만 그럼에도 낯선 곳에서 며칠간 묵는 것을 결정하자 왠지 모를 걱정이 밀려왔던 것이다. 이제 와서 돌이켜보니 대체 왜 그런 걱정을 했을까, 물론 나는 그런 걱정을 많이 하는 사람이기는 하다. 다시 돌아간대도 온갖 것들을 걱정할 것이라고 생각하지만 아무튼 후지노에서의 새해를 떠올리면 일단 끊임없이 맛있는 음식을 만들어주며 말장난과 말로 만든 퀴즈를 마치 커다란 사탕통에서 사탕을 계속 꺼내는 것처럼 내던 사쿠라이 다이조의 모습이 떠오른다. 그는 자신이 하는 텐트 연극에 관해 의외로 이런 이야기를 하였고 나는 그 말을 몇개월이 지난 지금도 가끔 곱씹게 된다.

"텐트 연극이 뭐냐고 묻는다면 매번 알 수 없고 정말로 알 수가 없다는 생각을 한다. 그게 뭐였을까, 텐트가 뭐였을까. 그러다 철거할 때에 아주 잠깐 텐트가 어떤 모양이었는지, 아 이런 형태였지 하고 눈에 들어온다."

"매번 할 수 있을까? 이걸 왜 하는 걸까? 하는 고민을 한다. 안 해도 나에게 아무 지장이 없는데 왜 하는 것일까. 매번 왜 하는지 어떻게 가능하게 할지 생각하면 괴롭다."

사쿠라이 다이조는 새벽까지 이야기를 하며 술을 마시다 바닥에 누워 잠이 들어버렸고 남은 사람들은 연출가이자 극본가로서의 다이조와 배우로서의 다이조에 대해 이야기했는데 그와 함께 이십년 넘도록 텐트 연극을 해온 모리 씨는 사쿠라이 다이조는 배우의 성격이 더 강한 것 같다고 말했다. 아주 작은 역이라도 맡으면 괜찮지만 어떤 역도 맡지 않고 연출만 할 때는 어쩐지 예민하고 평소와 다른 상태라고. 극본을 쓰는 것은 마지막까지 미루고 싶어하기도 했는데 어느해인가 어쩌면 여러해 동안 그랬다고 들은 것도 같은데 쓰는 것에 대한 압박이 너무 심해 뜰의 잡초를 다 뽑고 있었다고 했다. 잡초를 뽑던 모습에 관해 모두 웃으며 말했다. 맞아 맞아 그때 그 넓은 곳 전체를 다 뽑아버렸지. 뭔가를 강한 신념을 가지고 오래 하고 있다고 생각하는 사람도 매번 끊임없이 이걸 왜 하나 하는 생각을 한다는 것을 그때 직접 듣게 되었다.

하지만 잡초를 뽑는 것은 그릴 수 있는 모습이라 이걸 좋다고 해야 할까 부럽다고 해야 할까 아니 그저 잡초를 뽑는다는 행동이라고 해야 할까 나라면 아마 무얼 하나 무얼 하나 벽에 대고 혼잣말을 하는 나였을 것이다. 멍하게 방바닥의 먼지를 보는 나였을 것이다. 책장의 책과 상자의 옷을 빼놓고는 아무것도 정리하지 못하는 나였을 것이다. 내가 선택할 수 있다면 잡초를 뽑는 쪽이고 싶지만 거리를 걷고 또 걷거나 커피를 끓였다 버리고 끓였다 버리는 정도도 괜찮을 것이다. 물론 나는 끓이면 마시겠지만. 끓인 커피를 버리지는 않을 것이다.

후지노로 향할 때 가방 안에 든 책은 두권이었는데 한 권은 영화평론가의 에세이 모음집이었고 이건 돌아와서도 읽지를 못했다. 언제 읽을 수 있으려나. 손에서 놓지 않고 읽던 나머지 한권은 『티보 가의 사람들』 1권이었다. 1권의 중심인물인 자크의 형 의사 앙투안느는 자크의 친구인 다니엘의 어머니에게 호감을 느낀다. 왜인지 그 순간의 장면들이 실제 소설에서 묘사하고 있는 것보다 훨씬 더 생생한 색과 빛으로 다가왔다. 후지노로 향하는 길에서 읽던 부분과 실제 후지노에서는 책을 읽지 못해서 도착하기 직전까지 읽던 장면이 가끔 차를 마시다 생각이 났고 후지노를 떠나며 다시 다니엘의 집으로 향했다. 후지노에서 열차를 타고 여름의 햇살과는 다른 식으로 선명한 겨울 한낮의 햇살이 비치는 창을 보며 다니엘의 어머니를 떠올렸다. 다니엘의 어머니인 테레즈 혹은 퐁타넹 부인은 가톨릭인 티보 가와 다르게 혹은 다른 대부분의 이웃과 다르게 개신교도였고 그에 관한 분명한 신념을 가지고 있었다. 그 사람의 신념과 다정함과 재치는 부드럽게 어우러져 사람들에게 전달되었고 집 앞의 잔디와 오후의 차와 공기의 냄새가 생생하게 흐르고 있었다. 사쿠라이 다이조의 배웅을 받으며 후지노역에서 모리 씨와 열차를 타고 선명한 겨울의 햇살은 여름의 햇살과는 다르게 어떻게 다르다고 해야 할까 깊고 두꺼운 색으로 따뜻하고 어지러웠으며 먼저 내린 모리 씨에게 인사를 하고 책으로 고개를 돌렸을 때 분명 그런 부분을 읽은 듯했지만 실제로 그런 페이지가 있었을까 선명한 잔디의 색과 냄새를 떠올렸고 앙투안느가 생생한 잔디와 나무의 푸름과 따뜻하고 잔잔한 퐁타넹 부인이 있는 집에 설레어하며 분명한 마음의 변화를 느끼는 모습을 생각했다. 나에게 가장 친구 같은 사람은……이라고 떠올려보니 『티보 가의 사람들』에 나오는 사람들은 모두가 상냥하고 다정하고 서투르고 조금 고약했다. 나의 실제 친구들처럼 아니 실제 친구들보다 이상한 열정을 가지고 있었지만 말이다. 내가 정말로 좋아했던 장면은 앙투안느가 다니엘의 동생인 제니를 보며 가만히 그애에 대해 마음속으로 생각하는 장면이다. 앙투안느는 제니에 대해 '여기에 또 자신이 받는 것보다 더 많은 것을 주는 소녀가 있군' 하고 생각한다. 앙투안느가 그렇게 생각할 수 있는 것은 그가 그것을 바라볼 수 있고 알아볼 수 있는 섬세한 마음과 여유가 있어서인 것이다. 그런 장면은 여러번 떠올려도 잔잔한 파문이 일어 주변을 실제로 내 옆에 앉은 사람 창밖으로 지나가는 사람들을 그 사람들의 머리카락과 자전거를 보게 하였다. 그러면 나는 앙투안느의 말투를 흉내 내서 뭐라고 뭐라고 자꾸 말을 하게 되었다. 순간 그의 표정과 마음속의 힘을 알아차려버린 채로 말이다.

그렇게 친구들은 사람들은 이웃과 모르는 사람들은 심지어 나조차 나를 모르는 사람으로 낯선 곳에서 많지 않지만 누군가에게 손을 잡을 수 있는 몇몇의 사람으로 안타까운 마음을 가지고 사는 사람으로 살아가고 있었다. 나는 그들의 생생함을 떠올리려 『티보 가의 사람들』 1권의 표지에 손바닥을 대보고는 했다. 책이 없을 때에는 마음속의 손바닥이 책의 표지로 향하게 하였다. 나는 자살의 숲에서 누구도 죽으려고 시도하지 않았을 거라는 것을 잘 알았다. 친구들은 죽으려고 그곳에 간 것이 아니다. 친구들은 그곳에 간 친구들은 늘 조금씩 바뀌지만 누군가는 빠지고 새로운 사람이 들어오기도 하지만 죽으려는 것이 아니라 기대 없는 표정으로 그곳에 가 사진작가가 하는 말을 흥미롭게 듣다가 하지만 흘려듣다가 슈퍼에서 사온 빵과 우유를 먹고 바람이 부는 쪽을 하염없이 바라보는 일을 할 것이다. 그러려고는 아니지만 그럴 것이다. 부산에 있는 나는 그게 나라고 확실히 알지만 얼굴은 나의 얼굴이 아니고 얼굴이 잘 보이지 않는 거리이거나 뒷모습을 보여주었다. 하지만 유모차를 밀며 용두산공원을 걷는 그 사람이 나인 것을 나는 잘 알고 있었다. 흔들리는 바람 속의 친구들 이게 뭐야 이상하네 하고 말하는 목소리와 눈빛들 하지만 친구들은 무얼 하려고 간 것이 아니다.

어릴 때는 굉장히 잘할 수 있었지만 지금은 잘되지 않는 것이 있다. 길을 걸을 때 어느 순간 세계의 층이 분리되어 걷는 나의 눈앞에 보이는 장면들이 저 멀리까지 끝없이 낯설게 이어지는 것이다. 핸드폰을 안 보고 음악을 안 들어야 한다. 이제는 그것이 잘 안 된다. 걷는 나의 장면이 열리며 닫히며 새롭게 보이지 않는다. 영화가 시작된 광주극장은 너무나 어두워서 빈 좌석과 사람이 앉아 있는 좌석의 구분이 다른 곳보다 어려운데 더듬거리며 자리에 앉았을 때 스크린과 내 눈 사이를 흐릿하게 지나가는 얼굴들 나는 그게 그 사람들이. 흐리게 나타나고 뚜렷하게 존재하는 사람들이. 그런 사람들은 어째서 호텔에 도착해 외투를 옷장에 걸 때에 떠오르는 것일까. 호텔이 그래서 좋은 것이 아닐까. 그래서 나는 일을 하고 돈이 될 만한 것에 시간을 쓰고 하고 싶지 않은 것도 해나가는 것 같기도 한데 씻고 나와 정리된 침대에 누웠을 때 많은 것들이 실제보다 가깝게 느껴졌다. 호텔에도 묵을 수 있게 그런 일에 아주 가끔이지만 돈을 낼 수 있게 "여기에 또" "자신이 받는 것보다 더 많은 것을 주는 소녀가 있군" "침대를 정리하고 마지막에 손바닥으로 침대 끝을 눌러보는 것이 그녀의 습관이었다고" "어른들의 이야기를 아무렇지 않게 분석한다는 점에서 가장 아이다웠던 조안나는 그 이후 어떻게 지내는지 영영 알 수 없게 되었다" 하는 목소리가 다가오는 것을 들을 수 있게. 그러고 보면 그때 극장에서 빈자리가 아니라고 누군가 앉아 있는 사람이 있다고 의심하는 내게 몇번이나 빈자리예요 하고 설명해주던 그 사람에게 나는 여기 패딩 입은 사람이 있다고 말했는데 그 사람은 어둠 속에서 팔을 뻗어 부드럽게 내 팔을 잡고 여기예요 하고 빈자리를 만져보게 하였다. 나는 털 있는 모자가 달린 패딩을 입은 여자를 왜 눈앞에서 보고 있다고 그렇게 두번이나 말을 했느냐면 그 사람 역시 거기에 있었기 때문인 것이다. 확실하게 그곳에 있던 사람들. 그 자리에 앉아 이미 시작된 영화를 보던 사람들. 그럼에도 나를 안심시키며 내 팔을 붙잡던 사람 그 사람은 내 팔을 붙잡았지만 강압적이고 강제적인 느낌이 조금도 들지 않았다. 나는 고맙다는 말도 하지 못했다. 그 사람은 빈자리가 맞지요? 하고 웃었다. 그 순간이 여러번 반복될 수 있다면, 몇몇 극장에서는 그럴 수 있다고 생각하지만 나는 온양관광호텔에 누워 그 사람이 아닌 그 사람을 이 커피를 드세요 강제적이지 않은 방법으로 나를 붙잡고 당기는 여러 목소리들을 이걸 찾으셨지요 그 목소리들이 쏟아지는 것을 흰 이불을 덮고 눈을 감을 때 듣게 되리라고 생각한다.

테리야마는 아무래도 테라야마와 헷갈리지만 아무튼 테리야마라는 그런 호칭으로 불리지만 일본어를 잘하지 못했고 일본인과 한국인과 스위스인과 프랑스인 멕시코인 들과 가장 빠르게 친해졌다. 어떤 사람이면 된다고 생각한다 나는 그 문제에 관해서는. 후지노에 모인 한국인 중국인 독일인 일본인은 일본어로 이야기했다. 말은 때로 너무나 중요한데 특히 이 문제에 관해서라면 말이 너무나 중요하다고 생각한다 나는. 가끔 나는 말이라는 것이 너무나 중요하고 소중하여 결국에는 어떤 일본어도 한국어도 입에 올릴 수가 없었다. 눈을 감고 손으로 이건 스펀지고 이건 곤약이고 이건 오래된 종이라고 만져보고 손으로 말의 촉감과 크기를 가늠하기만 했다. 아무튼 나는 잡초를 뽑아도 좋지만 잡초를 뽑는 것 같지는 않다. 혼잣말을 하거나 욕하거나 혼자서 오래 걷는 쪽에 가깝다. 그런데 잡초를 뽑을 일이 생기면 중요한 것은…… 여기서 문제는…… 그런 걸 생각하면서 뽑을 것이다. 그렇게 잡초를 뽑는 나일 것이다.

일본어를 못하는 테리야마가 왜 일본에 있는지 이야기

를 많이 만들어내고 아니 왜 일본어를 못하는지에 대한 이야기 혹은 왜 테리야마인지에 대한 이야기도 만들어내고 어떤 숲에 이른 사람들이 왜 그곳에 있는지에 대해 일백년 전 국경에 있던 사람들은 왜 그곳에 있었는지에 대해 끊임없이 이야기를 만들어내고 거기에 아무런 어색함이 없도록 흐르듯이 흘러가는 골짜기에 화장실용 휴지를 굴리는 것처럼 그게 통통통 소리를 내며 흰 길을 만드는 것처럼 하는 것이라고 생각한다.

친구들은 숲에 가지 않았고 나는 그것을 알고 있지만 어째서 늘 숲에는 친구들만 있는 것일까. 나도 도쿄에 있었으니 나도 함께 가는 것을 떠올릴 수 있겠지만 주카이 숲을 가는 사람들 중에는 늘 내가 없다. 그래서 나는 그 이야기를 이야기처럼 대할 때도 있다. 들은 이야기처럼 들어서 아는 이야기처럼 말이다. 테리야마가 왜 테리야마인지 왜 사람들은 숲에 가는지 숲에서 어떤 동물을 보았는지 같은 이야기처럼 말이다. 숲에 가는 사람은 테리야마와 이, 테리야마의 친구 사진작가 H, 나의 이전 직장 동료 하나와 로이 그리고 그의 조언자 김이었다. H와 김이

번갈아 운전을 하고 로이는 조수석에 앉아 지도를 확인하며 정확한 방향을 말해줍니다. 방향감각이 뛰어나고 수월한 방법을 잘 찾는 로이는 저기, 앞으로, 잠깐만 같은 말로 빠르게 모두를 안내하고 H에게 운전대를 넘겨받은 김은 조용히 묵묵하게 운전을 하다 가끔 차를 세워 담배를 피웁니다.

김: 저게 뭐지?

로이: 뭐가?

김: 저기 멀리 움직이는 거 있잖아.

털이 붉고 긴 동물이 도로를 빠르게 지나갔습니다.

로이: 늑대인가봐.

김: 아니 좀 들개 같은 거.

테리야마: 늑대라고요?

이: 나 늑대 처음 봐.

로이: 이상한데. 무서우니까 얼른 타자.

얼른 타자고 했지만 불을 붙인 담배를 다 피운 후 느릿느릿 차에 올라탑니다. 늑대 정도의 크기에 털이 붉고 빠른 속도로 도로를 지나간 동물에 대해 다들 가만히 생각했다. 누구는 늑대라고, 누구는 여우라고 혹은 들개나 커다란 원숭이라고 생각했다. 곰은 아니겠지. 곰이라기엔 길고 날씬했다. 뒤를 돌아본 테리야마의 눈에 붉은 털의 여우가 다시 길을 건너고 있는 것이 보였고 왜인지 그때는 확실하게 여우라는 것을 알 수 있었다. 그는 분명히 여우라고 생각해 길고 늘씬한 여우가 지나가고 있다고 속으로 속삭였다. 나의 직장 동료 하나는 잠에 들어 그 정도의 작은 소란에는 깨지 않았고 H는 집중하며 빈 도로와 이제는 흔적도 남지 않은 방금 전 붉은 털의 동물이 있던 자리를 여러장 찍었다. 그들은 문득 새벽 네시를 향해 가는 지금 시각과 아직 어두운 주변을 떠올리며 아까 어떻게 붉은 털의 동물을 본 것일까 의아했지만 눈에 보인 것은 보인 것이므로 이상하지만 정말로 보았기 때문에 하지만 그것 말고는 나머지는 어두워 잘 보이지도 않는걸 역시 이상하다는 생각을 마치 여우가 자신의 꼬리를 잡으려고 뱅글뱅글 도는 것처럼 앞선 생각을 덥썩 물고 이상하다고 뱉고 다시 물고를 반복했다. 도로는 안개가 심해 운전하기가 어려웠고 지도상으로는 좀더 가면 숲이니까 좀 쉬어도 되겠지 생각하며 다시 길 옆에 차를 세워두었다. 십분만 아니 이십분 정도 쉬었다 가자. H는 가방에서 초콜릿과 빵 우유를 꺼내주었고 하나는 그제야 눈을 떠 초콜릿을 하나 먹은 후 가방에 든 커다란 보온병을 꺼내 종이컵에 커피를 한잔씩 따라주었다. 커피를 손에 쥔 사람들은 창 너머 어두운 바깥과 안개로 끝이 보이지 않는 도로의 끝을 보고 있었다. 우리 왠지 갇혀 있는 것 같아, 밖으로 나가면 되는데. 나의 직장 동료 하나는 방금 전까지 차에서 잤으면서 초콜릿과 커피를 마시고 또 스르륵 잠이 들어버렸다. 테리야마는 하나의 의자를 살며시 젖혀주었다. 김과 이는 다시 담배를 한대 더 피우고 그들은 종이컵을 손에 든 채 커피를 마시며 담배를 피웠고 H는 그 모습을 몇장 더 찍었다. 아직 안개가 다 걷히진 않았지만 지도대로라면 그냥 쭉 가면 되니까 가보자, 김이 담배를 피우고 들어와 말했고 다들 어 어 했다.

어렵게 숲에 도착한 이들은 차문을 열고 나오기 시작

했고 어렵게 숲에 도착한 하나는 여전히 졸려 차에서 나오지 말까 잠깐 생각하였다가 위험하고 일행들이 걱정할 것 같아 커피를 다시 한잔 마시고 따라나섰다. 서서히 안개가 걷히고 해도 뜨고 있었다. 배낭에는 물과 초콜릿, 빵과 주먹밥 각자 준비한 먹을 것들이 들어 있었다. 로이와 김은 입구의 안내문과 지도를 꼼꼼히 보며 머리에 넣었다. 그때 하나의 눈앞으로 붉은 털의 여우가 몸을 길게 늘린 듯 길게 늘어나며 뛰어갔다. 모두가 붉은 털의 동물을 볼 때 하나는 자느라 보지 못했고 왜 갑자기 이런 야생 동물이 눈앞에 나타나는 거지 긴장이 돼 그 자리에 동상처럼 잠시 서 있었다.

하나: 방금 지나가던 거 봤어?

김: 뭔데요?

하나: 아뇨…… 여우요. 붉은색 여우.

로이: 여기서도 나왔어요? 우리 아까 도로에서 봤어요.

하나: 전 자느라.

로이: 근데 여우예요? 아닌 것 같은데.

하나는 방금 전 본 것을 떠올려보려고 했지만 처음부터 하나는 그것을 여우라고 생각했다. 쥐불놀이 불처럼 둥글고 빠르고 붉은 원을 그리며 사라진 여우였다. 숲에서는 다른 숲과 다를 것 없는 나무와 풀 그리고 흙냄새가 훅 하고 강하게 느껴졌고 다들 어딘가 수상쩍은 냄새를 그 사이에서 찾아내려고 했지만 아직은 잘되지 않았다. 어디든 갈까 말까 망설일 때 그럴 때 가야 한다고 생각해. 숲의 입구에 있는 친구들은 숲 안으로 들어가야 해. 일행들은 모두 안내판의 지도와 안내문을 꼼꼼히 읽고 이미 여러번 와본 H는 해가 뜨려는 숲과 막 잠에서 깬 하나의 얼굴과 왠지 피곤한 얼굴의 김을 차례로 찍었다. 누구도 등산처럼 열심히 가야지 끝까지 끝이 어디일지 모르겠지만 끝까지 높은 곳까지 꼭대기까지 가야지 생각하지는 않았다. 몇명은 기지개를 켜고 하나는 스트레칭을 하고 숲으로 들어갈 준비를 하였다. 그냥 가봐요 조금만 가봐요 테리야마는 말했고 그렇지 뭐 하고 김이 받았다.

이제 완전히 해는 떴고 그러나 안개가 떠돌고 있었다. 가장 천천히 가던 하나는 고개를 돌릴 때마다 뒤를 볼 때마다 붉은 점이 원이 보였다 사라지는 것을 보았고 속으로 횟수를 세어보았다. 크고 울창한 나무들 너무나 선명한 푸른색들 모두는 정해진 길을 따라 걷지만 저 너머에는 누구도 찾기 힘든 곳이 있을 것이라는 것은 막연히 알 수 있었다. 로이는 이상하다 진짜, 하고 작게 말했고 하나가 붉은 원을 보는 정도로 H는 셔터를 누르고 있었다. 테리야마의 단골 식당 주인이 위험하다고 말했던 것이 그때 다시 모두의 머릿속에 서서히 되살아났다. 처음이 누구였을까. 김은 생각해냈다, 식당 주인의 친구가 그곳에 갔다가 호기심에 안내판 너머로 천천히 걸음을 옮겼다가 거의 못 돌아올 뻔했다고 말했던 것을 말이다. 김이 떠올린 것은 아주 빠르고 자연스럽게 퍼져, 마치 같은 장소에서 같은 공기를 마시기 때문에 서서히 질식되거나 혹은 앗 맛있는 냄새가 난다 하고 동시에 외치게 되는 것처럼 위험하다고 들었던 말들이 서서히 동시에 모두의 머릿속에서 되살아났다. 사람 뼈를 본 사람들이 굉장히 많대. 숲 자체가 너무 넓고 나무나 풀 때문에 길이 나지 않는 곳은 처음 장소로 되돌아가기 힘들다고 했어. 식당 주인의 친구는 배낭 속 초콜릿을 먹으며 버티다 안내소에서 그가 돌아오지 않는 것을 수상하게 여겨 수색하다 발견되었다고 했다. 하마터면 발견 못 될지도 몰랐어, 숲이 넓으니까. 당시에 이는 그 말이 조금 과장되었다고 생각했다. 어딘가 무섭고 알 수 없는 곳이 있다고 생각하는 게 좋지 않겠어? 네스호처럼 말이지. 그리고 우리는 네스호 주변에 살지 않으니까 주민들이 새벽에 네시를 본 이야기를 들어도 신기하네 수상하군 생각하는 것일지도 모르는 거야.

하나는 붉은 원을 잊을 만하면 보았지만 그것 때문에 정신이 나갈 것 같지는 않았다. 하지만 예민한 사람이라면 이게 자신을 쫓아온다고 생각할지도 몰라. 정말로 붉은 여우가 눈에 보이는데 그게 눈에 보인다고 자꾸 말해도 되는 걸까? 만난 지 며칠 되지도 않은 친구의 친구의 친구 같은 사람들에게? 하지만 하나는 정말 자신만 보고 있는지 여우 자체는 다들 보았다고 하지만 방금 뒤를 돌았을 때 본 것, 지금 우측 멀리 나무 뒤를 지나는 것이 다른 사람들의 눈에도 보이는 것일까 궁금했다. 옆에서 걷고 있는 로이는 이상해 이상해 자꾸만 반복해서 말했고 하나는 여우가 많이 사나봐요 하고 여우가 눈에 보인다는 사실을 이상하게 여기지 않는 사람의 말투로 말했다. 그렇게 말하고 나자 음 원래 여우가 많은 곳일지도 모르지 잠깐 생각했다. 하지만 별로 믿기지는 않았다. H는 변함 없는 H로 사진을 계속 찍고 있었고 하나는 왠지 그의 사진이 그저 그럴지도 모르겠다는 생각을 그때 문득 한다. 하나는 모두에게 냄새처럼 퍼진 이곳이 위험하다는 이야기를 떠올리면서도 왠지 덤덤했는데 그것은 그가 잘 놀라거나 불안해하는 타입이 아니었기 때문으로 다른 이유가 있는 것은 아니었다. 하나는 여우를 본 횟수가 열일곱번이 되자 아 그만 세야겠다 생각했다. H의 사진에 여우가 찍혀도 안 찍혀도 역시 놀라지 않을 거야. 우리들이 찍히지 않는다면 그건 조금 놀랍겠지만 나와 H가 연락을 하고 다시 만나게 될까 우리들이 사진을 서로 받아보며 고마워요 같이 저녁이나 먹을까 말하게 될까. 하나는 다음 주에 회사로 돌아가 하게 될 일들을 생각하다 말았다. 누군가 뒤에서 실제로 이제는 H가 뒤로 가 우리의 모습을 찍고 있으니까 우리의 모습을 찍는다면 그것이야말로 마치 이게 왜 여기 있는 거지? 그러니까 하나가 자꾸 보는 붉은 원처럼 이상한 점들이네 분명히 사람이지만 웃긴 점처럼 보인다고 생각하게 될지도 몰라 숨이 차 잠시 멈춰 고개를 돌린 하나를 H는 연속으로 두번 찍었다.

숲을 헤매는 사람들은 누군가 숲에 가자고 하였기 때문에 왠지 그것도 그것대로 좋을 것 같아 숲으로 간 것이다. 죽으려고 그곳에 간 것은 아닌 것이다. 하지만 머릿속의 사람들은 영영 그곳에서 돌아오지 않고 걷고 또 걷고 있었다. 여러개의 같은 장면들을 반복하면서 말이다.

후지노에서 새해를 맞이하며 우리는 겨울잠에 대한 이야기를 잠시 하였는데 내가 오기 전 그곳에 들른 동물학자의 말에 따르면 인류 역시 동면을 했을지도 모른다는 가설이 있다고 한다. 왜인지 느낌으로는 그 사람만 혹은 극소수가 주장하는 가설 같았다. 하지만 그 이야기가 나는 마음에 들었고 나에게 위안을 주었다. 내가 추위와 겨울에 약한 것은 원래는 나 같은 사람은 이미 배불리 먹고 잠에 들었어야 할 시기이기 때문인 것이야. 봄이 오는 냄새가 찾아올 때 녹은 투명한 물이 잎 위를 구를 때 잠에서 깨어나고 싶다고 생각했다. 그리고 어딘가 꼭 인류의 시작 같은 곳으로 가지 않아도 지금 온양 같은 곳에서 겨울잠을 자는 사람 혹은 호텔의 흰 침대보 위에서 겨울잠을 자기 위해 여름에 열심히 일하는 사람이 있을 거야 생각했다. 정말 나 같은 사람이겠지. 모두들 겨울잠 이야기를 할 때 행복하고 기쁜 얼굴을 하였다. 실제 동물학자가 어떻게 말했는지에 관해서는 의견이 분분하였고 모두 자신들의 가설을 이어나갔다. 그리고 새해가 가까워졌을 때 잠이 들었던 사람들도 하나둘 눈을 뜨고 테이블로 와 시계를 바라보았다. 이미 실수로 따버린 샴페인을 컵에 따르고 두근거리며 핸드폰과 시계를 번갈아 보다 새해가 되자 모두 웃으며 기뻐했다. 그것이 바로 올해 1월 1일의 일로 내년에는 온양에 있게 될지 아니면 집에 혹은 다른 어느 곳에 지금의 나로서는 알 수 없지만 누군가 드문 사람들을 생각하는 것은 마찬가지일 것이다.

• 참고도서
박솔뫼 「9월 도쿄에서」, 『겨울의 눈빛』, 문학과지성사 2017.
로제 마르탱 뒤 가르 『티보 가의 사람들 1』, 정지영 옮김, 민음사 2000.
윤여일 「정치의 원점」, 『상황적 사고』, 산지니 2013.

건널목의 말

생활을 해야 하기 때문에 말을 하지 않을 수 없지만 올해 내내 말이 잘되지 않았다. 말을 하려고 들면 마음이 무겁고 괴롭고 이건 아닌 것 같다는 생각에서 빠져나올 수 없었다. 이전에도 그러기는 했지만 올해 들어 더욱 심해졌고 상대방의 질문이나 건네는 말이 내 안에서 끊임없이 엇나가는 느낌이었고 표정은 굳어질 수밖에 없고 그런 표정으로 대꾸를 하고 있기는 하지만 마음은 소극적인 사람의 표정으로 고개를 젓게 되었다. 말을 하지 않을 수 없지만 어쩔 수 없이 해야 한다고 생각하면 할수록 상대방의 말 역시 불신하게 되고 고민의 말은 고민을 하고 있지 않다고 마치 나 자신이 말의 성질을 리트머스종이같이 바로 구분해낼 수 있는 것처럼 온도계나 기타 기기처럼 말을 들으면 수치화할 수 있는 것처럼 무게 없는 말 본뜻이 아닌 말이라고 저건 아니야 저건 아닌 것 같아라고 역시 소극적인 사람의 표정으로 다른 이들의 말들을 거절하고 있었다.

지난달에는 부산에 가서 바다도 잠깐 보고 골목의 바에서 술도 마시고 시장에서 포도 한상자를 사와서 숙소에 삼일 동안 묵으며 다 먹기도 했다. 첫날 밤 도착하여 해운대 근처 비즈니스호텔에 짐을 풀고 밤바다를 보고 해운대구청 근처 바에서 위스키를 마셨다. 바의 자리는 ㄷ자였는데 혼자 온 사람들이 각각 한 자리 건너 한 자리 이런 식으로 앉아 있었다. 나는 모두에게 관심이 있었지만 관심이 없는 표정을 하고 생맥주를 마시듯이 위스키와 칵테일을 세잔 빠르게 마시고 나왔다. 계산을 할 때 칵테일을 만들어주던 분이 왜 이렇게 빨리 마시고 나가시는 거예요라고 물었다. 내가 술을 홱홱 급하게 마신다고 했다. 위스키를 두잔 마시고 올드패션드를 한잔 마셨는데 둘 다 아주 맛있었고 일상적으로 말을 해야만 한다는 부담감에서 비롯된 잔뜩 긴장된 상태에서 풀려나서인지 기분이 좋아져서 맛있어서 그렇다고 말하며 웃었다. 잠시 근처를 돌아다니다 해운대시장으로 가서 치킨 한마리와 막 문을 닫으려는 과일 가게에서 포도 한상자를 샀다. 한상자라고 해봐야 작은 상자라 여덟개쯤 들어 있는 정도였다. 어깨에는 가방 한 손에는 포도 한 손에는 치킨을 들고 약간 취했지만 정신을 바짝 차려야지 하는 생각과 약간 취한 기분에 타고 올라 계속 흔들거려야지 하는 생각을 동시에 하며 숙소를 향해 걷기 시작했다. 러닝쇼츠와 티셔츠를 입은 키가 백구십은 되어 보이는 백인 남자가 건너편에서 가볍게 뛰어오고 있었고 왼편 고가도로 아래에서부터 머리를 짧게 깎은 남자가 자전거를 타고 오고 있었다. 그들이 본래 가지고 있는 운동 방향을 유지한다면 둘 다 나를 스치고 백인 남자는 내 뒤로 자전거를 탄 남자는 내 오른쪽으로 지나갈 것이다. 그러나 둘은 나를 사이에 두고 세 걸음쯤을 남겨두고 그 세걸음 정도는 내가 부담을 느끼지 않을 정도의 거리였고 멈춰 서서 인사를 했다.

—안녕.

—운동하러 가는 거야?

—(고개를 끄덕) 그냥 좀.

—내일은 뭐 해요?

—내일은 뭐 회의 있어요. 어학원 선생님들 회의.

—못 쉬겠네?

—음 뭐, 할 수 없어요.

—또 나중에 봐요.

—네, 고마워.

—잘 가요.

—네, 잘 가요.

신호등은 바뀌고 나는 먼저 지나가고 내 뒤로 그들의 대화가 들렸다. 가벼운 가을 바닷바람이 불고 있었고 말에 말을 들어야 하고 말을 해야 하는 일과에 잔뜩 긴장하느라 지쳐 있던 생활에서 벗어나서인지 편안한 상태였고 씻고 치킨을 먹고 포도를 먹으면 더 좋을 것이다. 백인 남자가 한국어로 말을 할 것이라고 생각하지 못했는데 가만히 생각해보면 해운대에는 외국인들이 많았고 몇년씩 영어선생님을 하다보면 그 정도 한국어는 자연스럽게 익힐 수 있을 것이다. 그러나 그 순간에는 역시 신선했다. 그럴 이유가 전혀 없음에도 자전거를 탄 사람 쪽이 당연히 영어를 할 것이라 예상하고 있었다. 정작 외국어를 해야 하는 쪽이 어떤 부담을 가졌을지는 알 수 없지만 그는 외국인들이 자주 쓰는 제스처나 표정이 거의 없었고 표정 없이 한국어로 이야기하고 나를 지나쳐 뛰어갔다. 나는 영어를 할 때 부담을 느낄 때가 많은데 그가 크게 부담을 느꼈을까, 조금만 잘해도 나처럼 놀라고 칭찬해줄 테니 별 부담이 없을까. 어쩌면 매일 만나야 하는 사람들에서 놓여나 실제로는 그렇지 않지만 어쩐지 아무 말이나 지껄여도 혹은 아무 말이나 지껄이는 것 이상으로 아무 말도 지껄이지 않아도 된다는 사실에 나 자신이 해운대를 굴러다니는 모래처럼 가볍다고 느껴버리는 지금의 나처럼 가벼운 마음이었을지 모른다. 그런데 실제로 모래밭으로 가 모래알을 헤아려보면 모래는 알갱이가 각각 뚜렷할 것이다. 당장은 나의 마음과 존재가 바닷바람을 타고 어디론가 사라지고 있는 듯했지만 그게 다는 아닌 무언가 남아 있는 것 같다는 생각을 하며 방으로 돌아왔다.

텔레비전을 배경화면처럼 틀어놓고 치킨을 먹으며 인터넷을 하다 침대에 몸을 던지고 뒹굴다 메일 확인을 하다 다시 채널을 돌려 「CSI」를 봤다. 배가 부르자 포도를 먹고 포도를 두송이를 먹고 화장을 지우고 이를 닦고 샤워를 하고 욕조에 물을 틀어놓은 채 붉고 동그란 배를 보았다. 목 아래부터 배꼽까지가 술 때문에 붉어져 있었다. 휴가가 끝나 서울로 돌아가면 다시 닥쳐오는 질문들에 어느정도의 정확한 답을 해야 하는가 정확한 답을 하지 않고 적당히 말을 하는 것을 묻는 사람도 그의 주변 모든 사람들도 원하지만 그렇게 적당한 말을 하고 컴퓨터 화면으로 고개를 돌리면 또다시 아무 말도 아닌 것 같은 말을 하였다고 그것은 달갑지가 않았고, 달갑지 않은 사실에 대해 계속 생각하게 될 것이다 분명. 이런 것으로는 누구와도 싸울 수가 없는데 달갑지 않은 것들을 작은 것부터 쌓아올리면 말이라는 것을 그러니까 그것이 어떤 식으로 달갑지 않음을 만들었는지 알게 되나 그럴 리 없을 텐데. 한숨을 쉬니까 입에서 포도 냄새가 났다. 그렇게 서울로 돌아가기 전날 밤에는 걱정을 미리 사서 했다. 전전긍긍하였다. 따뜻한 물에 몸을 담그며 마음은 평안해지는 듯했지만 아주 잠깐 이초쯤 회사에 너무 가기 싫어서 눈물이 날 것 같았다. 하지만 그 시간을 빼고는 그 시간은 빼지지가 않았지만 그래도 긴장을 풀고 편한 마음이었다.

어디에 무언가 남아 있는 감각 잔잔한 표면 아래 녹지 않고 남아 있는 고체들을 나는 생각했다. 씻고 가운을 입고 침대에 누웠을 때는 자꾸만 눈물이 났다. 침대 머리맡 옆에 놓인 서랍장 위에는 호텔 입구에서 가져온 신문이 있었고 그 위에는 뱉어놓은 포도 껍질로 바닥이 신문이었다는 것을 알 수 없을 정도였다. 고개를 돌리면 포도 냄새가 났고 이불을 머리 위로 덮으면 멀어졌다. 방은 건조하고 포도 껍질도 말라갈 것이다. 울긴 울었지만 부산에서는 잘 쉬다가 서울로 돌아왔다. 시간은 흐르고 하던 것을 하고. 그런데 자꾸만 부산에 다시 가고 싶었다. 거기서 잘 쉬고 여기로 돌아와 일을 열심히 하고 마음을 다잡고 주어진 일에 감사하고 운동화 끈을 고쳐 매고 경마장의 말처럼 달리는 사람이 될 수가 없나 나는? 나는 그런 생각을 하는 데 쓸 힘이 없었고 점심을 먹고 저녁에 뭐 먹지 생각하는 것처럼 가을 이후로 한동안 부산에 갈 기회를 살피는 날들이 계속되었다. 말을 하기 싫을 때 자꾸만 말을 의심하게 될 때 다시 부산에서 쉬고 싶다고 자동적으로 생각했다. 부산이 무슨 말의 고장인 것도 아닌데. 아니 아니 말에서 자유로운 공간인 것도 아닌데. 그렇다고 여기가 아니면 아무 데라도 상관이 없어서 부산에 가고 싶은 것은 아니었다. 부산이어야 했는데 부산으로 정해버린 것이 조금 우습다 생각할 뿐이었다.

지난주에는 일기를 쓰려고 했는데 자꾸 미루게 되었다. 습관을 들여 일기를 쓰는 사람이고 싶었고 할 말이 있으면 일기장에라도 하고 싶었다. 하지만 다른 생각을 하다가 청소를 해버리고 청소를 하고 나면 졸려서 자버리거나, 그외에도 할 일은 많았다. 줄곧 쌓여 있는 많은 것들을 정리하고 싶었다. 그게 뭐가 될지도 모르기 때문에 뭐가 안 되더라도 그냥 두고 싶기 때문에.

일기에 쓰려고 한 것은 동면에 관한 것인데 술을 마시다 어떤 사람이 동물학자를 만난 이야기를 해주었다. 이야기에 따르면 그 동물학자는 먼 조상들은 동면을 했다고 가정하고 있었다. 옛날에는 동물뿐 아니라 인간들도 동면을 했다는 것인데 현재 주변에서 겨울을 유난히 힘들어하는 사람들은 먼 조상의 기억이 남아 있기 때문일지도 모른다는 이야기였다. 수면과 동면의 차이도 이야기해주었는데 수면은 뇌가 정리되는 과정이고 동면은 아무것도 없는 ------------의 상태라고 했다. 그래서 수면상태에서는 어그러졌던 기억이나 정신이 퍼즐처럼 맞춰지고 정리된다고 했다. 반대로 동면은 멍한 상태. 그래서 실제 동물들도 동면 중이라도 깨어났다가 다시 수면을 취해야 하는 것이다. 수면에서 깨어나서는 다시 동면을 취하는 곰을 생각했다. 나는 겨울이 힘들기 때문인지 그 이야기가 정말 좋았다. 그런 가정은 낭만적이기도 했고 내가 겨울에 힘든 것은 내 탓이 아니라고 남 탓을 할 수도 있었다. 동면을 취하는 사람들, 예전의 사람들, 앞서간 사람들. 먼 조상이라고 해도 아주 여러명을 거쳐가는 것은 아닐 것이다. 나의 조상은 당연히 한국 사람인 것이겠지? 아닐 수도 있지만 우선 한국 사람만으로 가정하면 5~6천년을 60살로 나눈 정도가 아닐까. 아니면 옛날에는 더 일찍 죽었을 것이니 40살 정도로 나눠보아도 된다. 내 앞에 엄청나게 많은 수의 사람이 있는 것이 아니다, 많지만 아주 엄청난 수는 아니다. 세자릿수의 사람들일 것이다. 위험을 피해 장수한 조상들이 많다면 두자리의 수의 사람들. 거기서 앞에서 몇번째 몇번째 몇번째까지는 동면을 했을 수도 있다. 그 사람들은 곰처럼 배를 채우고 추위가 몰아치기 전에 동면을 했을 것이다. 동면을 하다 잠시 깨어 수면을 취하고 다시 깨서 동면으로 들어가고 그런 시간들을 지나 봄이 오면 잠에서 깨어 다시 생활을 해나갔을 것이다. 그 이야기를 해준 사람은 로빈이었는데 로빈은 자는 것이 특기라고 했다. 나도 거기에 재능이 있는 편이 아닌가 나는 자는 생각을 하면 좋았다. 재능이 잘 발휘되지 못할 때도 있었지만 하루 중 어느 시간이 가장 좋은가 하면 잠들기 위해 침대로 가 이불을 덮는 시간이었다. 마음속으로 '동면하는 로빈'이라는 제목을 생각해두었다. 나는 그것을 꼭 쓰고 싶다. 일기처럼 미뤄두지 않을 것이다.

나는 그 이야기를 친구들과의 모임에서 했는데 그 이야기가 끝나고 누군가 요새 사주를 공부한다는 이야기를 하였다. 저요 저요 하고 이야기가 끝나기도 전에 손을 들어 생년월일과 일시를 부르는데 왠지 속으로 나는 지금 추운 사람 나는 추운 게 싫은 사람 왜 그런 생각을 하지? 아무튼 여름 사람 중얼거리고 있었다. 그는 내게 당신은 열심히 노력해서 서울에서 일을 하며 살고 있네요. 그런데 북쪽이 맞지 않아요. 남쪽으로 가야 해요. 꼭 아주 남쪽이 아니더라도 서울 안에서라도 남쪽으로 아니면 대전이라도 아무튼 되도록 남쪽으로 가야 한다고 말을 했다. 당신은 추우면 안 되는 사람이네. 나는 맞아요 맞아요 했다. 동면을 하는 사람은 추위를 피한 사람이라고 해야 할까, 원래 안 추운 데서 사는 쪽이 나은 걸까 나는 추운 것이 힘든 사람이라고 여기저기서 나를 인정해주었다. 나는 그래서 그것을 받아들이겠습니다 생각했다. 당신은 태양을 받아들여야 하니 붉은 옷을 입으세요라는 조언을 들었다. 나는 정말 붉은 옷이 없다. 옷을 사야 한다.

날씨가 추워질수록 많은 말들을 땅에 묻는 것을 실제로 그 행동 자체를 머릿속으로 그려보는데 그런 식으로라도 몸을 쓰지 않으면 몸을 쓴다고 가정하지 않으면…… 나는 어딘가에서 울어서 벌벌 떨고 있는 사람 머리카락에 얼음이 달리고 콧물이 얼어붙은 사람을 보았다. 나는 그 사람을 가여워하며 보았다.

땅에 묻힌 말은 힘이 있을 것이라고 생각하지는 않는다 우선은. 거기까지 생각하지는 않고 말들은 흙과 섞여 거기서 사라지는 것으로 생각한다. 내 머릿속 그림으로는 그것이 자연스러웠다. 나는 그런 일을 하면 겨울이 끝이 날 것이라고 봄이 올 것이라고 생각하는 것이다. 동면을 하지 못하기 때문에 겨울을 어떻게든 나야 하며 나는 늘 후회할 말들을 많이 해버린다. 아니 후회할 말들이라기보다 말이라는 것이 어떤 말이라는 것이 마음만 먹으면 나를 불안하게 할 수 있었다. 내뱉은 말들에 대한 불안들, 나는 그것이 실제로 내 방문을 두드릴까봐 불안해하는 것인데 어떤 사람들은 알고 있는 것이다, 그것이 지나친 것이 아님을 타당한 생각임을. 그래서 나는 겨울날 삽을 들고 산으로 가 말들을 묻는 나를 떠올린다. 말을 묻고 돌아와 걸친 털옷을 벗지도 않고 뜨거울 정도로 따뜻한 방에 누워 잠을 잡니다. 나는 동면을 하는 것은 아니고 다음 날 아침 일어나 사과를 먹고 차를 마시고 다시 말을 묻으러 갑니다. 왜 자꾸 묻어야 하는지 왜 그럼에도 자꾸 묻는 것에 관해 써야 하는지 생각해보았는데 나는 생각한 그 내용을 일기라고 여기고 우선 이곳에 잠깐 써둔다.

일단 묻는 것에 관해 말을 하겠다. 나는 벌벌 떨지 않기 위해 얼지 않기 위해 두꺼운 옷을 입고 삽을 들고 땅을 파서 흙을 쌓는다. 그러면 몸이 뜨거워지고 땀이 난다. 내가 묻는 것은 말인데 나는 말을 하는 것이 말이라고 하는 것이 대개의 경우에 너무나 어렵기 때문이다. 말을 하고 싶지 않을 때라도 말을 하고 있는데, 나는 한편으로는 너무 말을 하고 싶은 것이라고 생각한다. 그것을 그냥 싶은 것이라고 해야 할지, 단순한 감정으로는 싫지 않음에 훨씬 더 가깝지만 그중 어떤 감정은 말하고 싶음 써두고 싶음 외치고 싶음이 있는 것 같다고 느낀다. 그게 말이 아니어도 좋고, 말이 아닌 형태의 유리병을 손에서 놓쳐서 그것이 바닥에 깨진다거나 옆에 있는 사람의 볼을 문다거나 뺨을 때린다거나 그런 행동이 더 적합하다고 생각하기도 한다. 하지만 그런 마음이 얼마나 강한 것인가 그리고 그런 강하게 튀어나간 마음은 사실 말하기 싫은 마음 때문에 나와버리는 것이 아닌가. 눈치만 보다가 꾸역꾸역 쌓아두는 짜증 속에서 모두 다 그만두라고 소리 지르고 싶은 것 아닌가.

아무튼 여기에 쓰는 것은 일기에 가까운 것인데 무엇

이라도 우선 써보는 것도 좋을 것이다. 나는 말을 하고 싶다고 그 말이 행동이든 소리든 간에 있긴 있다고 그것도 아주 강한 형태로 있다고 써둔다. 그 마음에는 몇가지 의문스러운 점도 있다고도 쓴다. 그리고 따라붙는 말에 대한 불안들도 일단은 간단하게나마 나는 이런 것에 대해 걱정을 하고 있었어,라고 쓰고 그래도 왜인지 떨치지 못한 두려움을 가라앉히기 위해 말을 땅에 묻는 일을 반복해서 떠올리는 것에 대해서도 쓴다. 의문과 불안과 그 때문에 자연스럽게 떠올리는 장면들에 대해서 말이다. 말을 땅에 묻고 그 말은 시간이 조금 지나면 낙엽이 썩어 사라지듯 그렇게 사라집니다. 나는 그와 비슷하게 나에게 안정감을 주는 나의 마음을 가라앉히고 가볍게 해줄 것이라고 내가 진정으로 믿는 것들을 몇가지 더 생각해보고 쓰기로 한다.

1. 산으로 가 말들을 묻고 돌아와 숙면을 취한다.
2. 같은 말을 반복한다.
3. 원하는 미래를 쓴다.
4. 원하는 모든 것과 원한다고 쓴 모든 것을 믿는다.

지금은 우선 부산에 가고 싶었다. 서울은 너무 춥고 나는 회사에 가기가 싫고 부산에서 묵었던 숙소는 다른 모든 저렴한 호텔처럼 약간 싸늘한 공기에 건조한 방이었다. 히터는 돌아가고 두꺼운 오리털 이불 안으로 몸을 넣고 눈을 깜박이면 김이 서린 창이 보였다. 어떤 곳은 뜨겁고 떠도는 공기는 서늘해. 나는 말이라는 것이 떠오르지 않았다. 샤워를 마치고 젖은 머리는 수건으로 감싸고 벗은 몸으로 이불 속에서 눈앞의 벽을 보고만 있어. 하지만 동면에도 어려움은 있을 것이다. 동면에서 깨어 수면으로 들어가야 할 때 수면으로 들어가지 못하는 사람들도 있었을 것이고 수면 후에 동면으로 들어가지 못하는 사람들도 있었을 것이고 동면을 취할 식량이나 공간이 없는 사람들도 있었을 것이다. 아니면 다른 사람들이 동면을 취하지 못하게 한 후 자신의 시중을 들게 하고 자신은 지금의 호텔 같은 넓고 쾌적한 곳에서 동면을 취하는 사람들도 있었을 것이다. 그렇게 생각하면 동면의 시작은 공동생활에서 나왔을지도 모른다는 생각이 들었다, 깨끗한 마구간 같은 곳이나 동굴에서 모두 나란히 누워 동면을 취하다 동면-수면 사이클 변화 시 눈을 떠 사람들의 상태를 살피고 다시 동면으로 들어간다. 그러다 누군가는 자신만의 동면 공간을 갖게 되고…… 대부분의 사람들은 호텔과 시중 그 사이에 있었을 것이라고 믿고 나에게도 멀리 있는 나라고 잠시 믿어보는 나에게도 동면의 경험이 있었을 것이라고 혹은 동면이 사라지지 않고 이어져온 어느날의 나 그러나 지금과 아주 다르지는 않은 나를 생각해. 먼 과거가 아니라 현재의 시간을 살지만 동면을 하는 나. 여전히 말을 하고 싶지 않고 일기를 쓰려고 하는 동면을 하는 나. 가을부터 음식량을 늘리고 혹시 모를 상황을 대비해 음식도 저장해두고 깨끗이 정리와 청소를 끝낸 방에 누워 눈을 감고 긴 겨울잠을 잡니다. 내 옆에는 지금 내 옆에는 없지만 동면을 하는 내 옆에는 다른 동물이 한두마리 누워 있을지도 모른다고 생각합니다. 다람쥐밖에 떠오르지 않지만. 혹은 그곳의 나는 그해의 나는 돈을 많이 벌어 작고 조금 낡은 방이지만 호텔을 예약해 삼개월여를 따뜻하지만 건조한 호텔방에서 보낼지도 모릅니다. 혹은 그보다 힘든 상황들도 떠오르지만 오늘은 생각하지 않기로 하였습니다. 나는 동면을 하고 스스로 정한 기간에 눈을 떠 차를 마시고 과일과 고기를 먹고 잠시 스트레칭을 했다가 다시 과일을 먹고 차를 마시고 이를 닦고 숙면을 취한 다음 다시 잠에서 깨어 동면의 상태로 들어갈 것입니다. 그때의 나는 봄이 되면 동면 기간 동안 꾼 꿈들을 하나씩 기억하여 기록해둘 것입니다. 이월 말부터 삼월을 지나 사월 초까지 나는 꿈을 기억하고 기록하는 일들과 잔잔한 사투를 벌여나갑니다. 나는 노트에 꿈을 기록하는 일기를 쓰고 가끔 그림과 사진을 덧붙이고 책꽂이의 책을 뒤지며 기록을 보충합니다. 이것은 나만 하는 일은 아닙니다. 드물지만 동면자들은 꿈을 기록하고 정리하고 이는 자신의 미래를 위해서가 아니라 사라진 시간들을 복기하기 위해서입니다. 그 시기에는 잠이 전부이기 때문에 꿈의 흔적을 좇아 동면의 시간으로 떠난 자신이 실은 또다시 어딘가로 떠났음을 그 떠남을 떠올리고 더듬어나가며 자기 자신과 또 어딘가에 있을 자신에 대해 이해해가는 시간입니다. 하지만 대부분의 꿈들은 기억이 나지 않고 나는 적어도 나는 내가 있었다면 내가 했다면 좋았을 것에 대해 그것은 허황된 꿈과 바람이지만은 않고 사실 했을 법하지만 왜인지 아련한 것들에 관해 쓰기 시작합니다. 그리고 사월이 오면 나는 일을 하고 걷고 책을 읽고 여행을 갑니다. 새로운 곳에 가는 것은 꿈을 기록하는 것과 늘 연결되게 됩니다. 그것은 내가 바라던 것도 아니고 몇번 반복해 가다보니 알게 된 것입니다. 여행에서 돌아오면 다시 일을 하고 저금을 하고 옷을 정리하고 세탁소에 가고 시간을 내어 바다를 보러 갑니다. 차를 마시고 장마의 날들을 빗소리를 들으며 보내다보면 쨍한 하늘과 더위가 찾아옵니다. 그때는 칠월이 지난 날들입니다.

여름이라면 좋을 것인데. 그게 아니라면 여름이라면 좋을 것이다.

여름이라면 좋을 것이라는 말은 2번에도 3번에도 해당하는 것 같았다. 그리고 의심할 여지없이 4번에도 해당이 되었다.

팔월 말 늦여름에는 부산에 갔다. 해운대 바다를 따라 있는 버스 정류장 유리가 연이어 깨져 있었다. 폭주족 같은 것이 있나요? 누군가 지나가며 휘두르며 깬 유리들이었다. 나는 왠지 불안하지만 들뜬 바보 같은 마음으로 바닷가를 걸었다. 그 바보 같은 마음은 어떤 마음일까. 무슨 일이 벌어질지 모른 채 들뜬 해맑고 멍청한 마음 혹은 무슨 일이 벌어질 거라 잔뜩 기대하지만 결국 아무 일도 벌어지지 않는다는 것을 모르는 결국에는 해맑고 멍청한 마음. 그런 식으로 조금 바보 같은 마음이었다. 무거운 바람이 흐르는 길을 따라 걸었고 바다는 잔잔하였지만 밤은 검고 깊었다. 아이들은 모래사장인데도 자전거를 타고 지나갔다. 나는 해운대시장을 지나 해운대구청 뒤편의 작은 바에서 하이볼 두잔을 마셨다. 어떤 위스키로 만들어주기를 원하느냐고 물어서 아무거나 추천해달라고 했다. 다다음 달 영화제가 되면 지금보다 더 붐빌까? 아니면 팔월 말이어도 여름이니 여름이 더 붐빌까 잠깐 생각하다 말았다. ㄷ자로 된 바 출입문 쪽에는 내가, 내 왼쪽과 오른쪽에 각각 한명의 남자가 앉아 있었다. 내 오른편의 남자는 이곳에 자주 오는지 바텐더와 술 이야기를 친근하게 하였다. 하이볼을 한잔 마시고 잠깐 나와 옆 편의점으로 가 담배를 사서 밖에서 잠깐 피우고 들어오자 바텐더는 안에서 피워도 된다고 말하고 나는 바람 쐬려고 나갔다고 말하고.

숙소로 돌아가는 길에 다시 시장으로 돌아가 포도 한 상자와 사과 두개를 샀다. 가만히 서서 걷다보면 이미 익어 진해진 포도 향이 올라왔다. 얼른 씻고 내 몸을 씻고 포도도 씻고 침대에 누워 포도를 먹고 싶다 얼른 돌아가자 생각하다가 그러다가도 왠지 누군가 말을 걸면 그 사람을 따라가 그 사람의 집으로 가 포도를 씻어 먹게 되는 일이 생길 것 같다고도 생각했다. 포도가 먹고 싶었다.

—다음에 글을 쓰면 '동면하는 로빈'이라고 제목을 해.

—동면하는 로빈?

—그럼 내가 읽어볼 거야.

동면자들이 기억하려고 애쓰는 꿈들은 가끔 아무 생각도 하고 있지 않을 때 그들을 찾아왔다. 실제 그들은 낯선 곳으로 가 다음 동면 전까지 조용히 거리를 걷고 생활을 하는데 그때 누군가 옆으로 와, 자리에 앉아, 술을 마시며 담뱃불을 빌리며 이야기를 하였다.

—결국 오필리아라는 사람을 썼잖아요?

—그것은 어떤 사람이 왜 그곳까지 왔는지를 생각하지 않을 수 없어서 생각하고 있는 건데.

(왜 그 사람은 거기에 있을까, 어떻게 그 사람은 거기에 있을까.)

숙소를 향해 가는 횡단보도 앞에 조깅을 하고 있던 키가 큰 백인 남자가 신호를 기다리고 고가도로 아래에서 자전거를 탄 남자는 자전거를 끌며 횡단보도 방향으로 오고 있었다. 고가도로를 따라 자전거를 끄는 남자가 오는 방향으로 되돌아간다면 나와 자전거를 탄 남자는 스쳐지나가고 나는 다른 곳을 가려고 하지만 왠지 달맞이길 쪽으로 방향을 잡아 또다시 헤맬 것이고 자전거를 탄 남자는 바닷가를 따라 자전거를 타게 될 것이다. 하지만 나는 횡단보도에서 신호가 바뀌기를 기다리고 자전거를 끄는 남자와 조깅을 하는 남자와 나는 모두 신호가 바뀌기를 기다린다.

—어디 가?

—집에 가는데?

—다음 주에 부산MBC 라디오 방송 녹음하는데.

—그때 보겠네?

—어, 끝나고 보든가 하자.

두 남자는 손을 잠깐 들었다가 내리고 나는 숙소로 향해 간다. 키가 큰 백인 남자가 한국말을 할 것이라고는 생각을 못했는데 그는 표정 없는 한국인의 얼굴로 아무렇지 않게 말을 하고 다시 뛰어갔다. 가방 안에서 카드키를 꺼내 문을 열고 가방을 바닥에 떨구었다가 다시 테이블 위에 놓고 얇은 리넨 코트를 옷걸이에 걸고 침대에 누워 바지와 티셔츠를 양말을 벗고 속옷만 입은 채로 리모컨으로 텔레비전을 켜서 보고 돌리고 엎드려 누운 채로 일기를 써야겠다고 잠깐 생각하다가 잠이 들었다. 꿈에서는 맛있는 와인을 찾아 과수원 같은 곳을 헤매었는데 목적 없이 헤매는 것이 아니라 나름의 보람을 품은 채로 찾고 있었고 그러다 금방 다시 깨 욕조에 몸을 담근 채로 머리를 감고 포도를 먹고 나서 이를 닦아야지 생각했다. 꿈에서 와인을 찾아 헤맸던 것은 포도가 먹고 싶어서였을까 틀어놓은 텔레비전 프로그램이 소믈리에에 관한 다큐멘터리였기 때문일까 잠깐 생각했다. 혼잣말도 나오지 않아 에에 아아 몇마디 소리를 내어보다가 말았다. 몸을 닦고 머리와 몸에 수건을 감은 채로 이불 속으로 들어가 여전히 건조한 방의 어느 쪽은 서늘하고 화장실 옆쪽은 물기를 머금은 더운 공기가 머무는 방을 바라보았다. 여전히 회사에 가기 싫었고 회사에서 별말을 하는 것은 아니지만 회사에 가기 싫었고 비슷하게 말도 잘되지 않았고 생활을 위해서라면 말을 하지 않으면 안 되지만. 그래도 겨울보다는 여름이 훨씬 나았으므로 여름은 정말 좋다고 생각했다. 방금 전 바에서 만난 여자는 처음 본 나에게 털어놓을 것이 있는지 아무 이야기나 무작정 쏟아내었고 나는 즐겁고 많이 웃었다. 그 사람은 음악을 해야 한다는 생각에, 무작정 열아홉살에 뉴욕으로 건너가 십년 넘게 불법체류자로 살았다고 했다. 선거를 앞두고 신고할 경우 비자를 발급해준다고 하여 그때 비자를 받았다고 했다. 그전까지는 가족들을 거의 못 보았고 가족들이 미국으로 한번 온 적이 있다고 했다.

—아무튼 그 여자는 정말 대단하다고 생각해요. 정말

멋있어요.

—왜요?

—투어 중에 죽었잖아요 호텔에서.

—아, 맞다. 들어본 것 같아요. 2002년인가 그랬었던 것 같은데.

겨울인 나보다 여름인 나가 훨씬 좋습니다. 나는 그러므로 불평하지 않고 정말로 기쁘고 즐거운 마음으로 눈을 깜박이며 부산에서의 늦여름 밤을 즐깁니다. 겨울인 나 서울에서 겨울에 추워하는 나 말을 많이 하고 싶지 않은 나 동면을 하지 않는 나 기억나는 대화가 적은 겨울의 나는 어디에선가 조금 다른 나 자신이 건조하고 따듯한 호텔에 누워 동면을 한다는 생각으로 추운 시간들을 버티려 해보고 조언대로 붉은 옷을 사지 못한 나 조언대로 붉은 옷을 샀지만 여전히 추운 나. 동면자들이 기록하는 꿈에 관한 기록은 나 역시도 어디에 있든 조금 보태고 있다고 생각합니다. 나는 일기를 쓰려고 하고 생각만큼 잘되지는 않지만 쓴 적도 있기 때문입니다. 몸을 일으켜 포도를 씻고 포도를 침대 위에서 낮에 읽던 주간지를 깔고 먹고 다

먹은 포도 껍질을 주간지 위에 말리듯이 깔고 그걸 다시 테이블 위에 놓고 포트에 물을 끓이고 잔에 녹차 티백을 넣고 녹차를 우리고 녹차를 마시며 「CSI」를 봅니다. 마이애미에 가고 싶어졌고 거기서라면 동면을 안 해도 동면에 대한 생각을 안 해도 하지만 누군가의 동면의 기록이 될 가능성을 희박하게 품은 채로 살 것이라고 생각을 했다.

침대에 누워 가만히 천장을 바라보다가 눈을 깜박이다가 나란히 누워 함께 동면하던 사람들을 그려보았다. 나와 손을 잡고 동면을 하던 사람들 메마른 입술을 하고 있던 사람들. 어느날에는 지금의 나처럼 작은 방에 혼자 누워 있기도 했고 다람쥐와 다른 작은 동물들이 함께하기도 했다. 우리는 모두 말을 하고 싶어하지 않는 사람들 말이 잘되지 않는 사람들 잠을 자면 오랜 시간 해야 할 말들이 자기들끼리 흩어져 스스로 산속에 가 묻히게 될 것이다. 몸을 일으켜 베개를 안은 채로 「CSI」를 다시 보고 왜인지 늦여름의 부산은 아주 많은 여러번의 수만큼 계속되었으면 좋겠다고 생각했다. 그런 생각을 하고 있으면 누군가는 늦여름 부산 호텔 침대에 앉아 텔레비전을 보고 있는 나를 보고 그 사람은 자신의 삶을 살며 잠을 자고 가끔 여름을 생각하고 그러다 가끔 나를 보게 될 것이라는 생각이 들다 말았다. 그렇게 또 잠이 드는 것이다.

농구하는 사람

운동장을 뛰다보면 농구하는 사람들을 만나게 되는데 네다섯명이서 늘 몸을 부딪치며 농구를 하고 있었다. 그 사람들이 늘 같은 사람들인 것 같지는 않았다. 나는 그냥 농구하는 사람들이라고 생각했다. 내가 아는 사람 중에도 농구하는 사람이 있는데 그 사람은 십년 넘게 동네인 의정부 어딘가에서 동네 아이들과 청년들과 농구를 하고 있다. 고등학생들은 크고 자라서 또다른 새로운 아이들에게 농구와 농구하는 예의를 가르쳤다. 그 사람과 이야기를 하다 농구에 관해 여러 이야기를 들었다. 나는 농구를 잘 몰라서 누군가 오고 배우고 시간이 지나고…… 그의 이야기를 농구 이야기라기보다는 그런 식으로 받아들였고 그 사람은 자기가 그냥 동네 아저씨라고 했다. 달리기를 하면 이런저런 생각을 하게 돼서 좋은데 나의 문제들을 생각하다가 농구하는 사람들을 보며 의정부의 내가 아는 그 사람도 오늘 농구를 하고 있을지도 모르겠네 하는 생각을 했다. 그런 식으로 여러 생각들을 하고 어쩌다 운이 좋으면 새로운 길이 보이기도 했다. 며칠 전에는 최인훈의 「광장」을 읽었는데 소설에는 생각보다 광장이 많이 나오지 않았다. 사람들이 오가는 장소로는 아예 나오지 않았다고 해야 하나. 읽기 전까지는 실제로 사람들이 광장에 나오게 될 것이라고 생각했다. 광장을 오가며 광장은 이런 곳이고 이런 곳을 나는…… 이런 장면이 자주 나올 것이라고 생각한 것이다. 하지만 그런 것은 아니었다. 소설에서 가장 인상적인 점은 주인공이 아버지 친구의 집에서 산다는 점이었다. 얹혀살거나 구박받는 느낌도 크게 없이 주인공은 어쩐지 오만한 느낌으로 아버지의 친구 집에서 산다. 옛날에는 먼 친척 집에서도 다 학교 다니고 그랬어요 그게 드문 일이 아니에요. 고등학교 때 선생님이 그런 이야기를 한 적이 있었다. 어릴 때 자신의 집에서 살던 먼 친척 대학생 형에 관해 이야기하다 나온 말이었다. 그리고 이명준의 애인도 아무렇지 않게 그에게 자신의 집에

와서 살라고 한다. 그러자 주인공은 그럴까 하며 다음 날 바로 여자의 집으로 거처를 옮긴다.

농구하는 사람은 근방 어디에 농구 코트가 있는지를 알고 있었는데 머릿속에 구글맵 같은 것이 펼쳐지고 있겠지 농구 코트에 핀이 꽂힌 지도가 펼쳐지고 서로 몰라도 농구공이 있으면 적당히 인사하고 나는 잘 모르지만 농구하는 사람들끼리의 예의를 갖추며 공을 던지는 것 같았다. 그 이야기를 들은 것도 오년쯤 된 이야기인가 생각보다 오래된 이야기는 아니었다. 나는 늘 운동장에서만 뛰어서 러너의 예의라는 것을 배울 기회가 없었네. 길에서 뛸 때는 눈에 띄는 옷을 입고 걷는 사람 주변에서는 속도를 낮추거나 그런 것이 있겠지. 혼자서 이상한 연대기를 그리고 있었는데 1960년 4·19혁명은 일본에서 살고 있는 재일교포 동포들에게도 충격과 희망을 주었다고 한다. 그것은 이승만이 물러나고 어쩌면 북과 대화가 전개되어 조국통일의 시작이 될지도 모른다는 그런 희망이었다. 4·19혁명에 크게 자극과 영향을 받았다는 발언은 일본 학생운동가들에게서도 찾아볼 수 있었다. 학생들이 주축이 되어 대통령을 몰아냈다는 것이 대단하다고 느끼는 것과 동시에 우리도 그것이 가능할지 모른다는 생각을 하게 하였다는 것이었다. 「광장」 발표 당시 최인훈의 작가의 말은 4·19에 관해 그가 어떤 생각을 하였는지 확인할 수 있는 글이다. 다시 옮길 필요가 없을 정도로 유명한 글이지만 다시 읽어보아도 전에 없고 후에도 없을 것 같은 야심이 느껴져서 읽고 나면 기분이 상쾌해진다.

아시아적 전제의 의자를 타고 앉아서 민중에겐 서구적 자유의 풍문만 들려줄 뿐 그 자유를 '사는 것'을 허락지 않았던 구정권하에서라면 이런 소재가 아무리 구미에 당기더라도 감히 다루지 못하리라는 걸 생각하면 저 빛나는 4월이 가져온 새 공화국에 사는 작가의 보람을 느낍니다.

「광장」의 이명준은 아마도 1948년경 북한으로 밀항한다. 시인 김시종은 제주 4·3항쟁의 영향으로 목숨에 위험을 느끼는 상황에 처하고 그의 가족들은 조심스럽게 그의 밀항을 준비하고 그에게 일본으로 가기를 권한다. 그렇게 그는 일본으로 밀항을 하게 된다. 재일교포 북송선은 그로부터 십여년 후 니가타항을 출발한다. 김시종은 제주의 사람들이 죽어가는 상황에서 오사카로 향하고 내가 가는 곳이 오사카라는 곳이다 나는 오사카에 도착한다. 그러나 밀항 후 그가 물어물어 내린 역 이름은 우메다였고 우메다가 오사카라는 것을 나중에는 알게 되지만 당시에 그는 어찌할 바를 모른다. 그리고 그는 무엇을 했더라 아무튼 그는 누군가의 도움을 받았던 것 같다. 그리고 살고 시를 쓴다. 김시종처럼 제주 4·3항쟁을 피해 혹은 그 여파로 밀항을 한 제주도 사람들이 당시에는 많았을 것이다. 하지만 그후에는 앞서 뿌리내린 제주도 사람들의 가족들이 이어서 밀항을 하였다는 의견도 있다. 1967년부터 1985년까지 일본에서 검거된 밀항자의 출신지별 분포를 보면 제주도 출신은 1968년부터는 팔십 퍼센트 이상으로 집계된다. 제주도가 상대적으로 일본과 가깝기 때문에 지리적인 이유 때문이라고 생각할 수도 있지만 제주 출신 밀항자들이 밀항을 하는 곳은 대개 제주가 아닌 부산이다.

이명준은 광장에 나가지를 않는데 어디를 광장이라고 부른 것일까. 광화문광장일까 시청광장일까. 당시의 서울은 지금보다 작아서 서울에서 사는 사람들이 생각하는 서울의 범위 그 안에서 어디를 광장이라고 하였을까 생각했다. 물론 그는 그런 식으로 생각을 하지 않았을 것이다. 그는 그런 방식으로 움직이는 사람은 아닌 것이다. 지금의 서울 사람들이 광장을 어디라고 구체적으로 그리는지도 잘 모르겠다. 광장이라는 공을 더듬기만 하면 되는 건가. 더듬으며 이런 감촉이라고 이런 크기라고 생각해보면 될까. 그런데 어디를 광장이라고 해야 할지. 천안문 정도를 이웃으로 두고 매일같이 오가야 광장이라는 것을 이해할 수 있을 것이다. 무척 넓고 사람이 오간다. 많은 사람이 지나가고 누군가는 올라서서 큰 소리로 말을 한다.

공을 던지세요.
그렇게 던지면 안 되죠.
보통 잘 못 던지는 사람이 그렇게 던지는데.
제대로 던져보세요.

그때 던진 것은 농구공이 아니라 야구공이었는데 아무튼 우리는 농구 이야기를 하였다. 농구공을 들고 다니는 것은 귀찮을 것이다. 일단 크잖아. 그리고 가져와도 골대가 있어야 하고 나는 공을 넣지 못할 것이다. 야구공으로는 캐치볼을 할 수 있잖아요. 우리는 야구공을 주고받으며 걸었다. 그것도 쉽거나 자연스럽지는 않았지만 그래도 우리는 주고받으며 걸었다. 책 이야기를 많이 하였는데 그런 것은 잘 기억이 안 나고 갑자기 내가 겪고 있는 문제를 털어놓았던 기억이 난다. 뭐라 설명해야 할지 모르겠지만 제가 요즘 피하고 있는 사람이 있어요. 가끔 그 사람을 마주치는 악몽을 꿀 때가 있어요.

광장뿐만 아니라 구체적으로 어디를 가고 뭐를 먹는다 같은 이야기를 이명준은 잘 하지 않는다. 밀항을 하러 가도 북에 가도 이후에 중립국을 택한 자들을 태운 배 안에서도 그가 먹고 입고 보는 것은 잘 드러나지 않는데 너는 무얼 먹지 아버지 친구는 무얼 먹지 아버지 친구의 아들은 무얼 먹지. 그 사람들은 뭐든 잘 먹을 것 같기는 했다. 나도 대체로 잘 먹는다. 그래서 무얼 먹고 마시는 이야기가 좋았다. 그리고 잘 걷는다. 그러다 가끔 뛰고 뛰다보면 농구하는 사람들을 마주치고 축구하는 사람들을 마주치고 천천히 걷는 사람 맨손 운동을 하는 사람 우리는 모두 잠깐씩 스쳐 지나간다.

1968년 2월 20일 권희로는 시즈오카에서 빚을 독촉하던 야쿠자 두명을 죽이고 도주하다 료칸에서 인질극을 벌인다. 그의 인질극은 일본에서는 최초의 극장형 범죄로 불리기도 하였다. 그는 벽에 그의 심경들과 함께 폐를 끼쳐 죄송하다고 썼다. 총을 들고 그 벽 앞에 서 있었다. 그의 말과 벽에 쓴 글은 뉴스로 보도되었다. 그는 경찰관의 재일조선인 차별을 고발하고자 인질극을 벌였다고 발표했다. 사건이 보도되고 현장을 보러 모인 이들 중에는 영화감독 아다치 마사오와 영화평론가 마츠다 마사오가 있었다. 영화감독이자 시나리오 작가인 아다치 마사오는 이듬해인 1969년 훔친 권총으로 네명의 사람을 죽인 권총연속사살사건의 범인 나가야마 노리오를 다룬 영화 「약칭: 연쇄살인마」를 만든다. 그들은 권희로와 그를 둘러싼 보도 등을 보고 이를 어떻게 다루어야 하는가 자신들과 권희로의 위치와 그를 지지한다는 것도 어쩌면 재일조선인인 그의 싸움에 주제넘은 의견인지도 모른다는 생각을 한다. 나가야마 노리오는 홋카이도에서 태어나 십대 초반부터 가출을 일삼고 도쿄 오사카 등에서 일을 하고 관두기를 반복하고 두번이나 밀항을 시도하였으나 실패하여 일본으로 다시 돌려보내진다. 돌려보내진다는 것은 환송이라고 부를 수 있다. 그런데 언뜻 듣기에 그것은 무척 좋은 일처럼 느껴진다. 환영하고 환대하는 것 같은? 물론 그런 뜻은 아니지만. 아무튼 그는 여러곳을 이동하였다.

아바시리에서 출생—이타야나기—9살, 14살 가출 후 붙잡힘—이타야나기—(집단 취직을 위해 상경)

시부야—(밀항)—요코하마—나고야—홍콩—요코하마—오야마—우쓰노미야—오사카—모리구치—하네다—가와사키—요코즈카—가와사키—히가시나카노—이케부쿠로—스가모—오다와라—아타미—나고야—오사카—고베—(밀항)—요코하마—네리마—히가시나카노—이타야나기—도쿄—나가노—요코즈카—이케부쿠로—시바—교토—요코하마—이케부쿠로—하코다테—오타루—삿포로—하코다테—나고야—요코하마—신주쿠 및 나카노—요코하마—신주쿠 권희로가 폐를 끼쳐서 죄송하다고 쓴 벽 앞에 있는 사진을 보다가 이 사람은 무슨 생각으로 쓴 것일까 이 사람은 자신이 어떻게 보이는가를 잘 아는 것일지도 모른다는 생각을 했다. 가끔 나는 친하지 않은 사람들에게 그러나 내가 좋아하는 사람들에게 폐를 끼치고 싶다고 생각한다. 저를 위해 무언가를 한순간 포기해주십시오. 저의 고민을 떠안아주십시오. 나 역시 아주 가끔 누군가의 불덩어리를 삼키고 싶다는 생각을 하기도 한다. 물론 곧 사라지는 생각이다. 그 때문에 나는 한동안 먼 곳으로 가야 할지도 모르고 누군가를 다시는 만나지 못할지도 모르고 그러나 그것을 어두운 마음 없이 받아들인다. 달리기를 하다 가끔 그런 생각을 하는데 걸을 때는 그런 생각이 더 자주 든다. 달릴 때는 그런 생각을 하다가도 힘이 들어서 아무 생각이 안 들 때가 더 많다. 하지만 갑자기 걸음을 멈추고 삼 년 동안 캐치볼을 해서는 안 돼요. 저는 미안하지 않습니다. 저는 당신에게 폐를 끼쳤습니다. 당신은 내가 헝클어뜨리고 부서뜨린 당신의 부분을 받아들이세요. 우리 서로 폐를 끼치는 사이가 됩시다.

—공을 진짜 한번도 안 던져본 사람처럼 던지시네요.

—진짜 안 던져봤어요. 한번도는 아니지만.

—던지면 낫죠.

—나아지나?

—던지면 나아지죠.

—시간이 많이 걸리려나?

—나아지죠 암튼.

우리는 야구공을 주고받으며 야구공의 감촉을 처음으로 배우며 이런 것이었다고 익히며 농구공 이야기를 하였다. 농구하는 사람과는 최인훈 이야기를 한 적은 없는데 사실 누구와 최인훈 이야기를 할 것인가. 누구와도 최인훈 이야기를 하게 될 것 같지는 않은데……라고 생각하다가 그게 아니지라고 말하듯 떠오르는 몇개의 이름들을 생각했다. 농구하는 사람과도 최인훈의 이야기는 할 수 있다. 그는 이런 소설도 있고 또 이런 것이 있고 어떤 의미가 있다고 나에게 말해줄 것이다.

벽에 하고 싶은 말을 쓰던 권희로는 옥중에서도 편지

를 쓰고 감옥을 나와서도 책을 낸다. 내가 그의 이름을 알게 된 것은 그가 석방된 후 발간한 책이 어딘가에 꽂혀 있는 것을 보게 된 것이 시작이었다. 벽이 종이가 된 것 같은 기분이 든다. 권희로가 밀항을 한 것은 아니지만 곰곰이 생각해보면 그는 배를 타고 일본으로 온 이들의 자손인 것이다. 권희로의 나이를 생각하면 그의 부모가 밀항을 했을 것 같지는 않고 일본으로 배를 타고 이동을 했다고 설명을 하는 것이 맞을 것이다. 밀항이라는 말도 생각해보면 생소한 개념처럼 여겨졌는데 일제강점기에는 그것이 밀항이 아니었고 한국이라는 국가가 생기면서 밀항으로 규정이 된 것이라고 이해해도 될지 모른다. 배를 타고 바다를 건너 다른 곳으로 가는 행위가 국가의 성립에 따라 다르게 분류가 되는 것이다. 물론 허가의 유무라는 것이 중요한 요건이기는 하지만 말이다. 그리고 시간이 지나 밀항은 점점 줄고 사람들은 유학을 가거나 이민이라는 것을 하게 될 것이다. 그런 생각을 하면 말을 손으로 만져보는 느낌이 들었다. 최인훈은 「광장」을 여덟번이나 개작한 것으로 유명한데 그 사실로 보아도 「광장」을 최인훈만큼 사랑한 사람은 없을 테지만 누군가 이 작품에 사로잡힌 누군가는 최인훈의 개작을 매번 좇으면서도 집에서 혼자 중립국으로 간 이명준은……으로 시작하는 소설을 열심히 쓸 것이라는 생각을 했다. 이명준은 배에서 내려 자신이 택한 미래가 이런 것이었는지 자문하였다. 그리고 왠지 중립국에서도 이명준은 여자를 만나게 될 것이다. 그 여자를 생각할 때면 남에서의 윤애와 북에서의 은혜를 떠올리게 될 것이다. 소설을 쓰는 사람은 소설에서의 윤애와 달리, 적극적으로 자신을 내던지고 이명준을 끌어안은 윤애를 지어내 쓸지도 몰라. 이명준은 우습게도 윤애가 자신을 열린 마음으로 받아들였다면 자신이 북으로 가지 않았을지도 모른다고 생각하기 때문이다. 이내 그것이 틀렸다는 것을 인정하면서도 말이다. 그렇다면 이명준은 북으로 가지 않고 혹은 그랬기에 이명준은 북으로 간다.

농구를 하는 사람이 농구만 하는 것일까. 농구를 하는 사람은 자전거도 타고 오래 걷기도 할 것이다. 여러가지를 하는 농구를 하는 사람. 나는 농구를 하는 사람에게 피하고 싶은 사람과 상황에 대해 어렵게 털어놓았고 그는 진지하게 나의 이야기를 들어주었다. 그가 나의 감정에 깊이 공감해주었던 것이 기억이 나는데 그런데 그가 뭐라고 조언을 해주었는지는 금세 잊어버렸다. 어쩔 수 없는 일이라고 했을까. 아무튼 이명준이 중립국으로 가는 배에서 어떤 생각을 하는지는 우리는 자세히 알 수 있지만 그가 북으로 가는 배를 타고 가는 장면은 잘 드러나지 않는데 왜 어떤 것은 자세히 쓰지 않고 어떤 것은 넘치도록 쓰는 것일까. 나는 무언가 타고 가는 것이 좋아서 이명준을 자꾸만 태우고 내리고 다시 태울 것 같다는 생각을 잠시 했지만 나와 이명준은 어떤 사이로도 만날 것 같지 않다는 것을 잘 안다. 나는 무언가를 타고 내리는 것과 지문을 등록해야 하는 상황이나 여권을 내밀어야 하는 때 검사를 받고 적합한 국민인지 비국민인지 안전한 외국인인지 추방해야 할 외국인인지를 판단하는 판단당하는 순간들에 대해 자주 생각해왔고 나는 이명준과 만날 리 없지만 만난다 해도 그는 나를 거절하고 뒤돌아서 책을 읽습니다. 그러나 만난다고 치는 상황에서 그는 배를 타고 배 안은 어떤 사람 1이 있고 다른 사람 2가 3이 있고 주머니의 땅콩을 먹고 무언가를 탄 상황을 장황하게 말을 하고 또 한다.

어제는 나의 왼쪽으로 바다가 있다는 것을 의식하며 걸었다. 바닷바람이 느껴졌고 커다란 바람이 불어왔고 옅은 미역 냄새가 났다. 걸으며 여기가 어디인지 알지만 정말로 어디인지는 모르겠다는 생각을 했다. 평소에는 지하철노선을 따라 걷는데 중간중간 나타나는 가게들이 아니면 여기가 어딘지를 가늠할 수 없을 것이다. 무엇을 통해서 거기로 가지? 나는 오래오래 걸었고 가끔 걸음이 너무 가벼워서 영원히 걸을 수 있을 것 같은 기분이 된다. 제주인의 일본으로의 밀항에 대해 읽다가 자식 여럿 가족 여럿을 밀항시키기 위해 수십번을 일본과 한국 사이를 오갔던 한 아버지에 관해 읽었다. 글에서 주로 다루고 있는 것은 그의 자식의 밀항 경험이었으나 그의 증언에서 그의 아버지가 모든 자식들에게도 그렇게 하였다는 것을 알 수 있었고 세번의 밀항 시도 끝에 성공한 그의 경험을 미루어 밀항을 계획한 그의 아버지가 얼마나 자주 일본과 한국 사이를 오갔을지 매번 어떤 고생을 하였을지 잠시 헤아려보았다. 한편 우리가 읽는 그 시대 사람들의 글은 어떤 일이라도 받아들이고 해내는 사람들의 이야기처럼 느껴지기도 하였다. 상황을 받아들이고 아이들을 일본으로 가는 배에 타게 하고 친구의 친척의 동생에게 자신의 딸을 데려오라고 부탁하고 외국인등록 담당자에게 사정을 설명하고 돈을 주고 부탁을 하고 또 해서 외국인등록증을 만들고 그것을 또 사촌형의 같은 마을 사람의 딸의 남편의 동생에게 부탁하여 딸에게 전달하게 한다. 그리고 돈을 벌고 모으고 참고 어려움을 견디고 살아낸다.

나가야마 노리오는 미국으로 가고자 하였고 요코하마와 고베에서 각각 한차례씩 밀항을 시도하였고 그것과 상관이 있다고 하면 너무 쉬운 선택으로 흘러가는 것 같지만 미군기지에서 총을 훔친다. 고베에서의 두번째 밀항 실패 후 그는 손목을 긋고 손과 발이 묶인 채로 배에 실려 요코하마에 도착하게 된다. 그에 관해서라면 그가 밀항에 성공했다면 같은 가정은 전혀 하게 되지 않는다. 그가 사람을 죽이지 않았다면 그가 가출을 반복하고 일을 구하고 관두기를 반복하는 과정에서 무언가를 하지 않았다면 또 반대로 무언가를 했다면 같은 가정은 하지 않는다. 「약칭: 연속살인마」의 감독 아다치 마사오는 나가야마에게 관심을 가졌던 계기를 권희로에서부터 시작한다. 이런 식으로 이야기할 수는 없어 이 사람에 관해 이런 식으로 말할 수 없다는 생각. 극작가이자 연출가인 테라야마 슈지는 나가야마의 범죄가 그의 출신지인 홋카이도의 추운 기후 거친 풍토에서 기인한다는 뉘앙스의 말을 한다. 아다치와 함께 나가야마의 일생을 되짚어가던 영화평론가 마츠다 마사오는 나가야마의 출생지인 아바시리에 도착하여 하늘이 맑았다고 쓴다. 맑고 쾌청한 하늘. 나는 맑고 쾌청한 하늘 아래를 걷는다. 걷고 싶다. 그러면 시원한 물이 필요하다. 나는 시원한 물을 가방에 담고 먹을 것을 조금 담고 시원한 커피도 담고 돈과 공책도 담고 그렇지만 아직 무겁지 않다. 나의 가방은 무겁지 않고 나는 맑고 쾌청한 하늘 아래를 걷고 바람이 부는 것을 느낀다. 문맹에 가까웠던 나가야마 노리오는 감옥에서 읽고 쓰는 것을 배우고 글을 쓰고 편지를 쓰고 소설을 쓰고 책을 낸다. 그리고 1997년 8월 1일 사형을 당한다. 그는 죽음을 쉽게 받아들이지 않을 것이라고 말하고 사형집행장에서 격렬히 저항하였다고 한다.

나가야마에 관해서는 어떤 가정도 하고 싶지 않아지고 왠지 그것은 불가능한 것처럼 여겨지는데 그럼에도 그와 비슷한 방식으로 미국으로 밀항을 한 사람이 있었을까라는 생각은 한번쯤 하게 된다. 요코하마항 주변을 무언가 구하는 사람처럼 매일 누군가를 찾는 것처럼 서성이는 젊은 남자 한명. 이명준에게 배가 있다고 말하는 업자처럼 그에게 누군가 지나가듯 아메리카에 가지 않겠습니까. 혹은 미국에 여행을 가서 돌아오지 않는 방법도 있을 것이다. 그렇게 정확히 신분을 증명할 방법 없이 살다가 십년 후 선거 무렵 자진 신고한 자에게는 사정을 고려하여 미국에서의 생활을 허가한다. 그에게는 자격이 생기고 그는 등록되고 그는 은행에 갈 수도 있고 자신의 여권에 찍힌 이름으로 계약을 할 수 있다. 삼년을 오년을 십년을 그 이상을 버티지 못하게 되면? 그는 본국에 환송된다. 혹은 본국으로 추방된다. 추방을 당한다. 아니면 범죄자가 되기도 잘 살다가 병을 얻기도 발을 헛디뎌 사고가 나기도 피해자가 되기도 스스로 목숨을 끊을지도. 여러가지 사람이 죽을 가능성을 생각했다. 몸을 숨기고 이름을 숨기고 버티어 살아낸 사람에게는 이름과 자격이 선택적으로 주어진다.

아다치가 나가야마에 대해 언급하는 내용 중 인상적인 것 중 하나는 1960년대 후반 당시에는 야쿠자가 되거나 범죄에 발을 들이는 것이 그리 어려운 일이 아니었다는 설명이었다. 그런데 나가야마는 일을 관두고 가출하고 다른 곳으로 장소를 옮기면서도 끊임없이 우유 가게 쌀가게 과일 가게 같은 곳에서만 일을 하였다. 아다치는 그 점이 무척 남다른 느낌이었다고 말한다. 어딘가로 끊임없이 움직이려 하면서도 범죄로 빠지지 않은 점이 흥미로운 점이었다는 것이다. 물론 그는 권총을 훔쳐서 네명을 쏘았다.

밖을 내다보니 역 앞에 만들어진 공원이 보였다. 인공 잔디와 벤치가 보였다. 더운 날씨여서인지 앉아 있는 사람들은 아무도 없었고 밤이 되면 사람들이 앉았다가 갈 것이다. 그런데 바다를 따라서 뛰면 좋을 것 같다는 생각이 들었다. 모래 위에서 뛰면 속력이 줄 것 같지만 바람에 몸이 밀리는 기분도 들겠지만 다른 것을 하는 기분일 것 같다. 나는 예상치 못한 일을 생각해내고 잊고 있던 것을 기억해낼 수 있을 것이다. 방금 내려다본 공원이 있는 곳을 부산역광장이라고 부를 것 같기도 하다. 고개를 들면 국민이 준 시그널을 놓치지 않고 범인을 꼭 잡겠다는 부산경찰의 다짐이 현수막으로 걸려 있다.

이명준이 북으로 간 후, 남한에 남겨졌다고 해야 할지 이전처럼 남한에 살고 있는 윤애에게 어떤 일이 벌어졌을지 종종 생각한다. 윤애는 고초를 겪었을지 모른다. 경찰들이 찾아가고 취조를 당하고 혹은 아무 일도 없지만 함께하던 사람의 상실을 견디는 시간을 지나야 할 것이다. 아니면 윤애는 이명준이 생각하는 그런 사람이 아닐 것 같다는 생각이 든다. 윤애는 확실히 그런 사람이 아닐 것 같아. 윤애는 최인훈의 소설로 짐작해보는 어떤 사람이 아닌 완전히 다른 인물일 것이다. 윤애와 은혜는 종종 이명준의 꿈이나 착각 혹은 이명준이 만들어낸 꿈처럼 느껴지고 그 둘은 서로 다른 옷을 입은 같은 사람처럼 보인다. 애초에 없던 사람들이 아닐지. 그런 식으로 윤애의 그 후에 관한 생각을 하다보면 이명준의 선택이 문제가 아니라 곧이어 한국전쟁이 발발하기 때문에 이명준의 선택은 곧 이것이 문제였던 것을 잊을 정도로 축소될 것 같다는 생각도 하게 된다. 윤애는 이명준을 아주 우습게 여기게 될 수도 있다. 혹은 존중하지만 이내 잊을 수도 있다. 명준은 중립국으로 가 윤애와 은혜와는 전혀 닮지 않은 여자를 만나게 될 것이다. 혹은 그는 혼자 살다 혼자 죽게 될 것이다. 중립국으로 오는 한국 사람들과 그외 다른 나라 사람들 사이의 통역을 맡아 하며 아무와도 만나지 않다가 시간이 지나 생각이 바뀌고 스스로를 신고하고 이미 등록된 자인 스스로를 신청하고 재외국민의 자격으로 남한을 방문하게 될지도 모를 것이다. 그리고 그때는 비행기를 탈 것 같지만 비행기를 타고 돌아왔을 때 당신은 남한을 선택하지 않았군 북에서 살았던 경력이 있군 어딘가로 끌려가게 될지 모른다. 어둡고 안의 소리가 밖으로 새나가지 않는 방으로 끌려가 김일성 사진을 들이밀며 이 사람 만난 적이 있어?라고 묻는 형사들을 만나게 될지 모른다.

걷다보면 우연히 농구 코트가 있는 해변을 만나게 될 수도 있다. 바다를 걸으면 사람들이 어딘가로 가고 또 온다는 것이 신기하게 느껴진다. 어느날 나는 맑은 하늘 아래를 걷다가 언젠가부터는 해가 지기 시작하는 해변가를 걸었다. 걸으며 이 바다에서 밀항을 하는 사람들은 없겠지 바닷가에 가면 그런 생각을 금세 해버리게 된다. 바다를 오가는 사람들을 생각하며 걷다보니 그곳에는 농구골대가 있었고 농구하는 사람들은 어디에서나 마찬가지로 몸을 부딪치며 농구를 하고 있었다. 그러다 어느날인가는 거기에서 농구를 하는 사람들은 없고 사람들은 개를 데리고 산책을 하고 나는 새가 날아가는 것처럼 화면에서 잠시 나타났다 사라지고 문득 자막에는 (누군가 달린다)라고 써 있었다. 나는 그날은 걷지 않고 바다를 따라 모래위를 달렸다. 나는 빠르게 지나갔다.

(바다) (여름) (저녁)

(누군가 달린다.)

더울 것 같아.

달리면?

더울 것 같아.

막상 달리면 덜할 거야.

그럴까.

기분이 좋을 거야, 달리고 나면.

(둘은 천천히 걷고 크고 흰 개가 주인과 함께 뛰어간다.)

(흰 개 사라진다.)

(밤) (바다)

(멀리 갈매기)

화면은 외국일 것 같고 사람들은 외국어로 말을 할 것 같다. 아니면 부산이나 제주도일 것 같고 그래도 말은 외국어일 것 같다. 그 외국어는 영어일까 불어일까 독어일까. 스페인어나 포르투갈어일 수도 있다. 한국어로 말을 하는데 한국어 자막이 달리는 경우일지도 모른다. 화면 밖으로 달려간 나는 그런 생각을 잊고 오늘은 삼십분은 뛰어야지 생각하면서 조금 더 조금 더 스스로를 격려하였다. 화면 밖으로 달려간 나는 스쳐가고 이미 사라진 나는 자막 밖으로 달려갔다.

광장을 모르는 사람들이 광장을 본 적 없는 사람들이 이게 광장인지 의심하면서 무언가를 더듬어가다가 혹은 광장 자체를 전혀 의식하지 않고 매일 어쩌다보니 우리는 매일 이곳에. 그리고 덥고 추워도 매일 모여 무언가를 말하고 또 듣는다. 의논하고 질문하고 정리한다. 가끔은 다투고 소리를 높이고 다시 안 보기도 하지만 결국에는 모인다. 그렇게 모인 사람들이 있다. 그러면 그 사람들은 광장을 이해하는 사람이 될 것이다. 광장을 만든 사람이 될 것이다. 그렇게 생각하면 광장됨은 일시적인 것이고, 물리적인 광장과 광장됨은 일치하지 않을지도 모른다. 하지만 광장은 만들 수 있는 것일지 모른다.

자지 않고 이야기하고 싶습니다.

저는 자는 것이 가장 중요해요. 하지만 노력해볼 수는 있겠지요.

(걸어나가는 사람)

(한쪽 불이 꺼진다.)

우리가 이야기해보았으면 하는 것은 우리가 무엇을 할 수 있는가 하는 것입니다.

(물을 마신다.)

트랙이 있는 운동장을 걸었다. 나는 걸으면서 오늘 할 일과 내일 할 일을 생각했다. 걷다보니 불이 켜졌고 이제 열시가 되었다. 그 방식으로 나는 열시를 알 수 있다. 멀리 큰 시계가 있고 여기가 어딘지를 알면서도 가끔 멀리 있는 남산타워를 보며 이곳을 가늠하고 반대로 남산타워가 보이다니 저게 정말 남산타워란 말이야? 생각한다. 매일 농구하는 사람을 생각하고 내가 아는 농구하는 사람은 매일 하지 않을 수 있지만 정말로 매일 농구를 하는 어떤 사람을 생각한다. 그 사람의 이름은 고민해보아도 떠오르지 않는 정말로 매일 농구하는 사람의 이름은. 그리고 해변을 뛰는 사람을 생각하고 그는 자막과 함께하고 흰 개도 자막과 함께하고 말하세요 당신이 백번 말하게 될 것을. 말하세요 당신이 천번 말하게 될 것을. 우리는 말하고 우리는 듣습니다. 우리는 만들고 우리는 이해합니다. 걷다가 뛰는 사람들 뛰는 사람들 걷는 사람들 느린 사람들 말하세요. 외치세요. 혹은 주저하세요 주저하면서 자신 없이 말하세요. 나는 폐를 끼치고 싶습니다. 나는 사람들이 나를 돕게 하고 싶습니다. 오늘도 많이 걸었고 그런 생각들은 씻고 나와 잠자리에 들기 전 떠올랐다. 말하세요 계속 말하세요. 걷다가 어둡고 경사진 골목에서 한 건물만 불빛을 밝히고 있을 때 이런 것만을 계속 생각하는 사람이 있을 것이라고 생각했다. 고가도로와 그 밑을 지나는 택시와 지면과 차의 불빛과 닫힌 건물과 셔터를 내린 가게 안의 종업원과 그 사람의 이름도 생각했다. 어두운 건물 혼자 불을 밝힌 방에서 청소를 하고 또 하는 사람을 생각했다. 그 사람은 어디를 가려고 하고 있다. 어디를 어딘가를 어딘가만을 계속해서 가려고 계획하고 있다. 그 사람은 여기가 어디인지를 너무나 정확히 알아서 어딘가만을 계속해서 계획한다. 나는 그 모든 것을 말하고 그것을 나는 듣는다. 그리고 나는 그것을 이해하고 그것이 분명한 것이 되어 남는다. 나는 그곳에서 눕고 잠을 자고 일어나고 걸었다. 끝으로 인사를 해본다면 안녕 잘 자. 나도 자는 것이 무척 중요했다.

• 참고도서

최인훈 『광장/구운몽』, 문학과지성사 2014.
김시종 『재일의 틈새에서』, 윤여일 옮김, 돌베개 2017.
성공회대학교 동아시아연구소 기획 『주권의 야만』, 한울 2017.
松田政男 『風景の死滅』 增補新版, 航思社 2013.

이미
죽은
열두명의
여자들과

김산희가 교통사고로 죽은 후 그는 적어도 열두번 이상을 다시 죽게 된다. 그는 다섯명의 여자들을 강간 살해하였는데 그가 죽은 후 이미 죽은 여자들이 그를 찾아내 여러번 죽인 것이다. 그에게 살해된 여자는 다섯명이었지만 그와 범행수법이 비슷한 살인자에게 살해당한 일곱명의 여자들이 합세하여 총 열두명의 여자들이 그를 다시 죽인다. 김산희는 이미 죽었지만 죽은 후에 다시 죽임을 당하더라도 아픔과 고통은 줄어들지 않는다. 하지만 그렇다고 열두명의 여자들이 제대로 된 복수를 했다고 말하기는 힘든 것이, 어떻게 말해도 여자들이 죽은 것은 그들이 처음 죽임을 당한 것은 원통하며 그것은 어떤 식으로도 되돌려받거나 되돌려갚기는 어려운 것이기 때문이다. 그것이 전제이다. 이미 죽은 김산희가 여러번 죽임을 당해도 매번 아픔은 같으며 그렇게 죽임을 여러번 당해도 여자들이 제대로 무언가를 갚는 것은 아니며 하지만 안 하는 것보다는 훨씬 낫기 때문에 여자들은 이미 죽은 김산희를 죽이기로 했다. 우선은 한명에게 하루의 시간이 주어졌고 하루 동안이라면 몇번을 죽여도 관계없기로 한다. 모두에게 하루가 돌아간 후에 혹시라도 시간이 부족했거나 혹은 각자의 살해에 관한 의견을 나눈 후 새로운 것을 알게 되거나 어떤 식으로든 대화 후 생각의 변화가 생긴다면 다시 시간을 주는 것에 관해서도 나중에 의논해보기로 한다. 열두명의 여자들은 각자 살해 방식을 고안했다.

대부분은 때리고 찌르고 불태우는 방식으로 김산희를 죽였다. 죽은 사람이라고 힘이 없지는 않았기 때문에 쉽지는 않았고 여자들은 어떻게 어떻게 간신히 해나갈 수 있었다. 김산희를 뒤에서 쓰러뜨린 뒤 준비한 노끈으로 그를 묶거나 차로 그를 친 후 트렁크에 싣거나 어떻게 그것이 가능한지 모르겠지만 모든 것은 죽은 여자들에게 유리했고 양쪽 다 죽은자들이었음에도 여자들은 김산희를 알아차릴 수 있었지만 김산희는 늘 한발이 늦었다. 하지만 어쨌거나 죽은 사람이라고 힘이 넘쳐나는 것은 아니어서 때리고 또 때리는 방식으로 김산희를 죽인 여자들은 아주 기진맥진해져서 며칠씩 아무것도 못하고 쉬어야 했다. 그들은 거친 숨을 내쉬며 풀밭에 빈 공터에 자신의 방 침대에 가만히 누워 있었다. 그러던 중 다섯번째 여자는 의사였는데 그는 김산희를 환자로 자신은 의사로 아무렇지 않게 그를 테이블 앞에 앉히고 차와 함께 독극물을 먹였다. 김산희는 삼십분쯤 지나자 되살아났고 의사는 다시 독극물과 물을 주었다. 그 사람은 그것을 스무번도 넘게 반복한 끝에 저자가 정말로 단순한 생물이었고 여전히 겁나고 죽은 이후에도 떨리고 무섭고 괴로운 마음을 이기기가 힘들었으나 방에 있는 바퀴벌레를 한마리 죽이자 기둥 뒤의 바퀴벌레가 또 나타나고 그걸 다시 죽이고 그런 식으로 그저 어떤 식으로든 살았다라고 말할 수 있는 자 그 자체였다는 것을 받아들일 수 있었다. 생각했는데 이미 죽은 내가 이미 죽은 김산희가 괴물이고 비겁하고 치졸하며 아무 생각도 없는 자였으며 그자는 그저 살아 있었고 생물이었고 이제 죽었고 그러나 죽은 후에도 나는 그를 괴롭게 하여 그에게 죽음의 고통을 반복하게 할 수 있었다는 것을 깨달았다는 것이 그것이 무엇이라고 할 수 있을까. 나는 비로소 마음이 가벼워졌지만 그러나 한편으로는 이미 죽은 내가 이미 죽은 자를 죽이고서 얻은 홀가분함을 올바른 방향으로 쓰려면 혹은 그 정체를 제대로 이해하려면 아직 죽지 않은 자들을 죽여보아야겠다는 데에 생각이 미쳤다. 의사는 들뜬 마음이 되었고 한편으로는 강한 의심도 들었지만 그 의심 자체가 열망을 바탕으로 하고 있었다. 그렇게 죽은 의사는 독극물을 지갑에 넣고 머리를 정돈하고 가운을 입은 채로 인파 속으로 섞여 들어갔다.

칼로 찌르던 여자 중 한명은 본인도 알지 못했던 본인의 본성을 발견했다. 그는 지금의 상태로 살아 있었다면 자신과 김산희는 다른 식으로 부딪혔을 것이라고 생각했다. 자신이 죽기 전에 김산희를 죽였을 것이라고 김산희 같은 남자들을 여러명 죽였을 것이라고 생각하다가 그런가 아닌가 잠깐 고민하다가 김산희를 다시 죽였다. 다른 한명은 김산희를 몇번 찌르다 너무 괴롭다 정말 이건 할 수 없다는 생각에 어떻게 죽이면 좋을까를 고민하다가 휘발유를 부어 태웠고 몸에 불이 붙어 타는 김산희를 보고 있자 마음이 차분해지기 시작했다. 자신도 이런 세계가 가능한지 몰랐으나 원망과 절망을 함께 태우며 그걸 태우자고 생각하기 전에 그러한 감정의 찌꺼기들이 타올랐고 자신의 존재가 서서히 옅어지는 것을 느꼈다. 연기에 숨이 막혀 기침을 하며 눈물을 흘리면서 아 나의 몸이 나의 모든 것이 옅어지며 사라지고 있다, 나는 가볍고 아무것도 아닌 것이 되어가고 있으나 나는 섞여들어가고 있다 내가 보는 모든 것들에라는 생각을 하며 사라져갔다. 여자는 긴 머리가 만화 속에 나오는 등장인물처럼 실처럼 가늘게 흩어지고 눈물방울은 반짝였고 나의 몸과 마음은 흩어지지만 나는 죽은 자를 죽였으며 사람을 죽인 자에게 이런 길이 있다는 것을 모두에게 보여주었으며 그러므로 가벼운 마음으로 사라집니다, 그 여자는 만화 속의 그림처럼 가는 선이 되어 사라져갔다.

나는 어쩌다 이런 것을 알게 되었을까? 아무래도 미친 사람을 만난 것이다. 을지로입구역에 있는 노숙자 중 가장 깔끔해 보이는 조한이는 내 어릴 적 친구인데 2호선 막차가 끊겨 을지로입구역에서 내려 그러나 마음은 아 2호선에서 쫓겨났어 어째서 열두시도 안 되었는데 나를 쫓아낸 것인가 하는 생각에 버스라도 타볼까 하는 생각을 하며 역 출구를 나오고 있을 때 노숙자임을 알 수는 있지만 어쩐지 깔끔하고 젊네라는 생각이 드는 사람이 보여 고개를 돌렸고 설마 하는 사이에 그가 먼저 내 이름을 불렀다.

—뭐야?

—뭐긴 뭐야.

—왜 이러고 있는 거야?

—미안하지만 너가 왜 이러고 있는 건지도 나는 모르는데 너는 그걸 설명할 수 있을까? 나를 설득하고 이해시킬 수 있을까? 정확하고 정확하게?

—당연하지. 지하철이 끊겨서 버스를 탈 생각으로 올라가는 거야.

거리의 미친자 같은 것과는 인연이 없다고 생각하는 사람들도 살면서 저 자식 미쳤군 하는 사람들을 거리에서 만날 일은 생기고야 마는데 특히 서울에서라면 모두가 이런 저런 식으로 미친자들을 머릿속에 담아두고 또다시 어떤 미친자를 만났을 때 아 그때 그자 같은 자군 하고 생각하게 될 것이다. 혹은 그때 그자 같은 자군이라는 생각을 하기도 전에 얼굴에 침을 맞거나 얻어맞거나 욕을 듣게 되는 것이다. 그자들이 미친자인지 그저 약해 보이는 자들에게 공격성을 표출하는 더러운 자들인지는 매번 구분할 수는 없다. 조한이는 공격성은 낮지만 집요하고 해가 뜨고 해가 어떤 각도로 뜨고 어떤 축을 중심으로 회전하며 그때 발하는 빛은 일곱가지 색인데 그 색의 각각의 의미는 어떠하고 하는 것을 줄줄이 읊어대는 식의 미친자라는 판단이 말을 한번 섞자마자 드는 타입이었다. 그러나 공격성이 낮은 것이 어디인가. 게다가 알던 사람이기 때문에 실제로는 위험해 도망가!라는 판단을 내리는 나 자신이 삼십 퍼센트쯤은 있었지만 절반 이상의 나는 어머 같은 동네 살던 한이가 왜 저러고 있지? 고등학교 때까지는 안 저랬는데 하는 호기심과 반가움으로 뭐 하냐 집 없어? 같은 것을 물으면서 신변을 조사를 하고 있었던 것이다. 조한이는 지나가다 우연히 나를 발견했는데 자신도 모르게 알은척을 했다며 쑥스러운 표정이었다. 처음 말을 나눴을 때의 흐릿하지만 집요한 눈빛은 사라지고 점차 편안한 표정이 되어갔다.

—이제 어디 가는 거야? 역에서 자는 거야?

나는 한이가 팔에 끼고 있는 긴 상자를 보며 말했다. 한이는 그렇다고 말하며 무슨 말을 하려다 말고 다시 하려다 말았다. 나는 한이가 돈을 꿔달라면 꿔주어야 할까, 잠깐의 호기심으로 나는 십만원 정도를 날려야 하는 걸까 현금이 십만원이 있나 없으면 뽑아 오라고 하겠지? 오만원 정도면 될지도 몰라 아니 아니 오만원이고 십만원이고 그 정도가 아니라 있는 대로 다 뽑아오라고 할지도 모른다. 나는 우물쭈물하고 있는 한이의 어깨 너머를 보았고 왜인지 순간 온몸에 팽팽히 긴장감이 돌았다. 누군가 나를 습격할지도 모른다고 생각했다. 그러나 한이를 감시하는 사람은 없었고 멀리서 지하철역 직원이 막차 끊겼어요 말하는 소리가 들리고 한이의 눈에는 공격성은 없었고 뭘 하려는 생각도 없었고 단지 저기…… 저기…… 하고 있었다.

—너 시간 있니?

—지금?

—응.

—그게…… 너무 늦었잖아.

한이는 음 잠깐 이리 와봐 잠깐이면 돼,라고 말하며 내 팔을 끌고 눈앞의 출구로 나갔고 나는 손에 핸드폰을 꽉 쥔 채로 터치하면 바로 신고가 되는 앱을 눌러야 할 순간을 재고 있었다. 한이가 내 팔을 끌기는 했지만 힘을 주고 있지도 않았고 나도 뿌리칠 수 있는 상황이었지만 왜인지 한이가 그래도 노숙자라는 것이 나를 계속 겁먹게 했고 그것보다는 한밤중의 거리였고 한이는 낯선 남자라고 할 수도 있는 사람이었기 때문이었다.

밖으로 나오자 버스 정류장 주변에는 사람들이 네다섯 명 모여 있었고 뒤로는 은행 건물이 이미 불 꺼진 채로 서 있었다. 조한이는 걸음을 느리게 하더니 양손으로 내 고개를 잡고 각도를 맞추더니 아래에는 안 좋은 것이 있으니까 제대로 보지 말고 거기에 뭐가 있나 하는 정도로만 보라고 했다. 그러다가 아니야 아니야 이건 보면 안 돼 하더니 다시 내 눈을 가렸다. 나는 에이 뭐야 하고 한이의 손을 치웠는데 그런 식으로 은행 문 앞에 가지런히 놓여 있는 김산희의 토막 난 시체를 보게 되었다. 김산희의 시체와 은행 앞이라는 그 장면 자체는 아주 영화 같아서 나는 소리 지르지도 토하지도 않았고 그저 다리에 힘이 풀려 건물 앞 계단에 주저앉아버리고 말았다. 조한이는 열은 땀냄새를 풍기며 미안해 미안해 하며 내게 빌었다. 어떤 식으로 이야기를 시작해야 하는지 몰랐다고 했고 그때 진짜 미친놈이라고 생각했다.

조한이가 거리를 떠돌게 된 것은 이미 죽은 여자들이 이미 죽은 김산희를 죽이는 모습을 우연히 보게 된 데서 시작한다. 조한이는 처음에는 핸드폰으로 사진을 찍으려고 했지만 역시 상식적으로 이미 죽은 사람들은 사진에 담기지 않으며 하지만 무언가 이게 뭔지 정체가 뭐라고 나름으로라도 정리를 하지 않으면 안 될 것이라는 생각에 작은 노트에 자신이 본 모습을 적어나가게 되었다. 나는 한이가 내가 아는 사람이기 때문에 아니면 아직 그렇게 더럽지도 냄새가 나지도 않기 때문에 또 가끔은 집에 돌아가 제대로 씻고 자기 때문에 돌아갈 곳이 있기 때문에 즉 목적이 있어서 잠시 나와서 길에서 생활하는 것이지 실제로 내몰려 쫓겨나 길에서 자는 것이 아니기 때문에 그를 단지 노숙자라고 부를 수가 없었는데 그것은 제대로 된 생각인가. 그런 생각이 한줄기 뻗어나가고 있었고 또 한줄기는 눈앞의 시체, 죽은 사람이 다시 죽었다고 하는데 자세히 살펴보지 않아서 죽은 사람이 다시 죽은 시체가 실제 시체와,라고 말해도 실제 시체도 본 적이 없으니 게다가 토막난 시체잖아 아무튼 알 수 없는 시체를 어떤 식으로 구분해야 할지 알 수 없었고 이 시체를 죽인 것은 다름 아닌 이자의 손에 죽임을 당한 여자들이라는 이야기 또한 그 살해는 며칠간은 더 지속될 것이라는 이야기 이것을 어떤 식으로 받아들여야 할지 하는 것이 한줄기 뻗어나가고 있었다. 하지만 두번째 줄기는 어떤 식으로 생각을 하거나 판단을 할 수 있는 것이 아니었고 그러나 눈앞에서 이 이야기를 천천히 말하는 한이는 내가 알고 있는 사람이었고 무슨 소리야 하고 밀치고 도망쳐야 하나? 그러나 점점 더 멀쩡한 목소리로 침착한 말투로 내 표정을 살피며 말하고 있는 사람. 캄캄한 밤 안에서 너는 별로 노숙자 같지 않았고 나는 다시 또 노숙자라, 홈리스라고 말하면 조금 다르게 들리지 나 자신이 실제로 위험하다고 생각하는 것은 어떤 것일까 생각하다가 간신히 힘을 내 나는 한이의 말을 들으며 우선은 우선은 알겠지만 지금은 어떻게 받아들여야 할지 모르겠으니 내일 다시 보자고 이야기를 정리하였다. 나는 아직 거리를 떠돌고 싶지 않았고 무얼 보더라도 앞으로도 떠돌고 싶지 않았다. 아마 죽은 자가 죽은 자를 살리는 모습이라면 그런 것을 보기 위해 며칠 떠돌 수 있을지도 모른다. 이미 죽은 자들이 말한 것은 나는 그런 것이 전부 남아 있을 수는 없지만 어딘가에 풀과 가지 속에 남아 있는 것은 있을 것이라고 생각했다. 그렇게 남은 것은 나중에 오는 사람들에게 그것을 알아볼 수 있는 사람들에게 힘을 줄 것이며 다른 길로 걷게 해줄 것이다. 나는 그런 것이 누구를 살릴 수도 있다고 그런 믿음을 가지고 있었다. 시간과 관계없이 누군가에게 후에 오는 먼 사람들에게 앞서가고 있는 먼 사람들에게 받고 또 전할 수 있는 것이 있으며 그것은 실제로 눈에 만지고 손에 닿는 것으로 살아 있다고 말이다. 이미 죽은 자의 마음이 누군가를 살릴 수 있다면 그런 것을 보기 위해서라면 거리를 떠돌 수 있을지도 몰랐다. 아니 떠돌 수 있을 것이다.

택시를 잡고서도 기사가 이미 죽은 자이면, 이미 죽었으나 어떤 짓인가를 하려고 드는 자이면 어떡하지 하는 생각에 숨이 가빴고 어떤 식으로든 다른 생각을 하려 핸드폰만 만지작거리며 메일을 확인했다가 쇼핑몰에서 옷을 구경했다가 현재 경로를 새로고침 했다가 손을 끊임없이 움직였다. 하지만 그가 죽은 자일 경우만 문제인 것은 아니었고 대부분의 경우는 그가 살아 있는 사람인데 살아 있는 어떤 사람일 경우에 문제가 되는 것 아닌가. 하지만 직전까지 한이가 죽은 자들이 어떻게 움직였는가를 이야기해서인가 그런 식으로 밖에 생각이 되지 않았다. 이미 죽은 기사가 운전하는 택시에 올라탄 것이면 어쩌지. 기사는 아무 말도 없이 조용하고 묵묵한 운전으로 나를 집 근처까지 데려다주었다. 그분은 그저 말이 없고 운전 솜씨가 훌륭한 기사였다. 집에서 씻고 눈을 감고 누워서도 그러나 조한이는 약간 미친 것 같다고 역시 이상하다고 생각했다가 또다른 장면들 배낭에 연장을 짊어진 채 김산희의 뒤를 밟는 여자들 은행을 밟고 돌을 차며 발로 캔을 밟고 편의점에서 커피와 초콜릿을 챙겨 먹으며 김산희를 좇는 여자들의 모습이 마치 본 것처럼 떠올랐다. 아무튼 내일 밝은 시간에 조한이를 만나 그가 쓴 노트를 보기로 했다. 나는 김산희라고 하는 자의 토막난 시체를 떠올렸는데 의외로 어두워서인지 형체를 잘 구분할 수 없었고 그러나 역시 기묘한 분위기를 풍겼던 것을 떠올렸다. 그러나 정말로 무서웠던 것은 아무 일도 일어나지 않았던 택시 안과 밤거리였고 나는 그것에 겁을 먹고 있었다. 택시 안에서 내쉬던 가쁜 숨이 떠올랐다. 잠시 침대 위에서 숨을 크게 들이마셨다 내쉬었다. 그날은 어렵게 잠에 들었다. 하지만 매일밤 아무 생각 없이 잠드는 일이 오히려 드물었다. 정도의 차이는 있었지만 내게는 보통 늘 가볍거나 보통이거나 무거운 공포감이 있었다.

아침에 일어나서는 지난밤 일이 이상하게 느껴지기도 했지만 내게 일어난 아주 큰 행운이었던 것은 아닐까 실은 나는 위험한 상황에 처해 있었고 가까스로 안전하게 집으로 돌아온 것은 아닐까 내가 위험하다고 느낀 것은 조한이가 내 팔을 끌고 조용한 곳으로 가려고 했기 때문에 그는 일단은 노숙자였기 때문에 밤이었고 그리고 나는 혼자 택시를 타고 집으로 돌아왔기 때문에. 조한이로 시작했으나 조한이 때문만은 아니었다. 그가 어떤 사람이어서가 아니었고 밤이었고 어두운 곳이었고 나는 나인 채로 혼자였기 때문이다. 조한이를 만나러 길을 나서자 너는 이걸 관둬야지 무슨 생각으로 나가는 거야 하고 머릿속에서 나의 친구1 나의 친구2 엄마 아빠 회사 동료 나는 몸이 붕 떠 회사에서 동료들이 글쎄 누구씨 그런 곳에 나갔다가 그렇게 된 거 아냐 하고 걱정 반 호기심 반으로 말하는 대화를 보았다. 그런 말들은 언제나 눈에 둥둥 떠다니는 것처럼 손을 뻗으면 바로 말린 종이를 펴서 읽을 수 있는 것처럼 내게는 뚜렷하게 보였다. 떠 있는 몸을 서서히 내려 준비를 하고 나갔다. 여자들이 김산희를 죽인 것이 떠다니는 사람들 사이에서는 화제가 되는 일일까? 훽 하고 정신을 어딘가에 띄울 수 있는 자들에게 말이다. 나는 아직 그리는 못하지만 조한이도 멍하게 온 정신을 길에 띄웠으니 그걸 볼 수 있었을 것이다. 아니면 이것은 일어날 법한 당연한 일인 것일까? 당신이 휘두르는 것이 결코 끝이 아니요 당신은 스무번을 스무번 곱한 만큼 죽임을 당하게 되며 그것은 당신이 한 일에 비해 깃털만큼 가벼운 벌이다,라는 것이 떠 있는 자들에게는 당연한 상식 같은 것일까? 어떤 것인지 알 수 없지만 골목 끝 어딘가에서 공터에서 빈 상가에서 죽임을 당한 자들이 힘을 합쳐 자신을 생전에 죽인 자를 죽이는 일이 벌어진다는 것을 염두에 두고 길을 걸으면 온몸의 신경이 예민해져 바람 소리와 멀리서 들리는 목소리 공기의 냄새 같은 것이 몸에 실을 매달고 조금씩 당기는 것처럼 신경이 팽팽히 반응하게 되었다. 그러나 한편으로는 조한이 같은 자가 있다. 삼성생명 빌딩 앞 화단에 앉아 자신이 본 살해 장면을 꼼꼼하게 적은 사람 광화문 교보빌딩 앞에서 가운을 입고 인파로 섞여드는 의사를 따라가는 사람, 그 사람이 위험하다고 생각하면서 왜 나는 순간 편안하고 따뜻함을 느끼는가 예민해진 신경이 순식간에 편안함을 눈치채고 자연스럽게 편안하다고 가만히 눕기 시작했다.

한이는 약속한 장소에 나오지 않았다. 이후로 나는 시

간이 날 때마다 을지로 주변을 헤매게 되었다. 아직 집에서 잠을 자고 있다. 아직 집에서 씻고 회사에 출근을 하고 가끔 광화문에서 친구들과 밥을 먹고 그러나 돌아오는 길에는 종각역까지 천천히 바짝 긴장한 채로 주위를 살피며 거리를 걷다 을지로 쪽으로 방향을 틀어 어두운 골목과 환한 입간판의 전구를 가만히 서서 들여다보다가 나와 같이 조한이가 이곳에 서 있을 것이라는 생각에 불 켜진 간판이 불이 꺼질 때까지 서 있다 집으로 돌아가고는 했다. 롯데백화점을 지하에서부터 구경하다 을지로지하상가로 내려와 샌드위치를 먹고 커피를 마시고 열한시가 지나면 천천히 모이는 사람들의 얼굴을 스치듯 확인하다 집으로 돌아갔다. 조한이를 다시 만난 것은 두달쯤 지난 어느 주말이었다. 교보문고에 서서 책을 구경하고 있을 때 있잖아 하고 누가 조심스럽게 몸을 내 쪽으로 기울였다.

—너 왜 약속 안 지켰어?

—그게 그럴 일이 있었어.

—나는 그게 꿈인 줄 알았어. 근데 꿈은 아닌 걸 알긴 알았어.

조한이는 미안한 표정으로 계속 사과를 했다. 이전까지는 자유롭게 밖에서 자고 살짝 필요할 때 집에 들어가고는 해서 집안 사람들이 신경도 안 쓰는 줄 알았는데 나와 만나기로 한 날에 모두 준비한 듯이 조한이를 붙들고 병원에 가고 약을 먹이고 고기를 먹이고 멀리 강원도에 사는 친척집에서 한달간 묵어야 했다고 했다.

—그래 그럴 만했겠다.

—양도 보고 집에서 키우는 개가 다섯마리인데 맨날 산책시켰어.

—양은 왜 봐?

—거기에 양목장이 있어서.

조한이를 데리고 어디를 가야지 생각했다. 나도 너의 팔을 끌 수 있다. 너는 내가 안 무섭겠지만. 조한이의 팔을 붙잡고 지상으로 올라와 두리번거리다 길을 건너 피자와 파스타를 파는 식당으로 갔다. 피자와 음료수를 시키고 조한이는 노숙할 때나 지금이나 크게 변한 모습은 없었다. 머리를 조금 길렀고 땀 냄새가 나지 않았다. 조한이는 그후로는 김산희가 몇번이나 더 죽어야 했는지 직접 보지는 못했다고 했다. 아무리 그래도 사람들이 죽는 장면을 여러번이나 보다니 너는 정신이 괜찮은 건가?

— 그런 걸 보고도 괜찮은 거야?

— 괜찮진 않지만 그게 별로 선택적이지는 않아서 대부분 눈앞에서 벌어지는 일이었어.

한이는 피자를 다 먹고 지난번에 보여주기로 한 노트를 꺼냈다. 언젠가는 내게 보여주려고 늘 들고 다녔다고 했다. 우리는 마지막 죽음을 알게 될 것이라고, 이미 죽은 열두명의 여자들이 이제 곧 한자리에 모여 동시에 김산희를 죽일 것이라고 했다. 그게 선택적이지 않아서 나의 눈앞에서도 벌어질 일일까 나는 그런 정해진 것을 거절할 것이다. 조한이는 나에게는 그런 일이 생기지 않을 것이라고 보장했다.

— 너도 이제 거리를 헤매지 않게 되었으니 너에게도

이제 그런 일은 생기지 않을 거야.

—그게 나도 그럴 것 같다는 생각을 했어.

—오늘 너를 보니 확실히 알겠다.

—나는 그걸 보게 되어도 어쩔 수 없다고 생각하지만 네가 그렇게 말해주니 왠지 기쁘다.

우리는 배부른 채로 식당을 나와 잠시 걸었다. 간밤 내린 비에 은행잎이 떨어져 걷는 길이 예뻤다. 한이는 병원에 몇번 더 갔다가 다시 강원도에 가야 한다고 했다. 한이의 볼에 손을 댔다가 뗐다. 나는 한이의 팔을 붙잡고 얼른 나를 끌어안고 나는 그걸 보지 않는다고 여러번 말해 하고 말했고 팔에 힘이 없는 한이가 두 다리를 굽혀서 내 다리를 누르며 지지대 삼아 힘을 짜낼 때까지 기다렸다. 한이는 코를 내 머리카락이 문지르며 너는 그런 것 하나도 다 보지 않아 너에게는 그런 일이 생기지 않아 내 오른팔은 한이의 겨드랑이 사이에서 대롱거렸고 남아 있는 왼쪽 팔로 한이의 어깨를 붙잡고 응 생기지 않아 나는 그런 일을 보지 않아 나에게는 그런 일이 생기지 않아 나는 평생 그런 일을 몰라 나는 평화롭게 삶을 살아 내 시간은 조용하고 다정해 안전해 어느 누구보다 안전해 너도 잘 지내 한이의 옷에 침이 잔뜩 묻었다. 우리는 둘 다 힘을 풀고 막 울고 다시 가볍게 안아주고 손가락으로 코를 풀어서 닦아주고 헤어졌다.

집에서 한이의 노트를 틈이 날 때 한번씩 봤는데 이런 것이 있었다. 왜인지 한이는 의사에게 크게 관심을 가졌던 것 같은데 보통 다른 죽음은 한이가 지나가다 우연히 어쩌다보니 이걸 보게 되었네 하는 느낌이었는데 의사는 한이가 따라다니며 그 사람이 뭘 하는지 관찰하여 기록한 것이 많았다. 의사가 한 일 중에 가장 최근의 것인데 의사는 김산희를 다시 찾아내 김산희의 손에 칼을 쥐여주고 웃으며 죽이라고 하고 있었다. 혹은 김산희가 보는 앞에서 자신이 칼로 자신의 허벅지를 찌르거나 물론 괴롭지만 괴로워하는 모습을 노려보며 드러내고 있었으며 상처가 아물면 가만히 앉아 옷을 벗으며 약을 먹기도 했다. 김산희는 하루도 못 견디고 토하면서 뛰쳐나갔다. 김산희는 여자들이 자신의 눈앞에서 자발적으로 죽거나 혹은 죽임을 당하면서도 그것을 전혀 두려워하지 않는 것에 심한 공포와 수치를 드러냈다. 그걸 밖에서 기다리던 다른 여자들이 보고 있었는데 웃는 사람들도 있었고 우는 사람들도 있었다. 웃는 사람들도 눈에 눈물이 고인 채로 배를 잡고 깔깔거렸다. 나는 이런 것을 힘이 들기 때문에 조금만 읽고 다시 옷장 바닥 같은 데 숨겨두었다가 이주쯤 지나면 다시 펴서 아주 조금 읽고 다시 서랍 안쪽에 넣어두고 그랬다. 그러다 알게 된 것인데 우리가 길에서 보는 것들은 실은 어떤 식으로든 정신을 띄운 자들이 변한 것이라는 사실이다. 은행잎을 쓸어모아 넣어둔 쌀 포대는 나와 같은 자들이 몸을 붕 띄워 은행잎이 예쁘네 만져봐야지 나무 위에서라는 말을 할 때마다 모인 것이라고 했다. 길가의 모든 것, 이제는 드문 우체통과 공중전화 구립 시립 도서관의 도서반납함과 벤치, 쓰레기통 가로등과 가로수 헬스장 전단지 식당 전단지 여호와의증인 전단지 같은 것들 말이다.

어느밤 나는 책상에 앉아 내가 본 죽음들에 대해 그것이 어떤 식으로든 잊혀서는 안 된다는 생각에 수첩에 적기 시작하였습니다. 그것은 습관이 되어 나는 그 수첩을 언제나 몸에 지니게 되었습니다. 나는 볼펜에 고무줄을 달아 수첩과 연결하였습니다. 나는 볼펜이 달린 수첩을 늘 지니고 다녔습니다. 가운을 입은 의사는 김산희를 여러번 독살한 후에 김산희를 묶어놓고 스스로 정면을 응시한 채로 때로는 미소를 띄우며 죽는 자기 자신을 보게 하였습니다. 그 여자는 옷을 벗은 후 아무렇지 않게 방 안을 돌아다니기도 하였습니다. 김산희는 토하고 도망치고 울고 도망치고 오줌 싸고 굴렀지만 매번 바깥에 있는 다른 여자들에게 잡혀와 의사가 스스로를 당당하게 죽이는 모습을 보아야만 했습니다. 이미 죽은 열두명의 여자들은 힘을 합쳐 김산희 앞에서 아무렇지 않은 얼굴로 나는 너를 얼마든지 죽일 수 있다는 표정으로 물론 실제로도 여러번 죽였으니까요, 스스로를 찌르고 그러다 김산희를 찌르기도 하고 그런 식으로 모든 것을 자신들의 손으로 했습니다. 이미 죽은 김산희는 다시 살아나지 않고 열두명의 이미 죽은 여자들 사이에서 한조각 살점 하나 남기지 않고 사라졌습니다. 하지만 김산희 같은 것들 그런 조각과 부분들은 서울에서 여전히 생생하게 살아 있다는 것을 이미 죽은 여자들은 잘 알고 있었습니다. 이미 죽은 열두명의 여자들은 다시 옷을 입고 표정을 정리하고 각자의 길로 향해갔습니다.

가끔 길을 가다보면 이리로 → 라고 쓰인 페인트 글씨를 보는데 이리로 가면 막다른 골목이라거나 맨홀이라거나 아니면 의자가 하나 놓여 있다거나 했다. 조한이가 쓴 수첩 속 글들은 몸을 붕 띄워 그런 것이 되었다는 생각이 들었다. 길가의 모든 소리를 자신 앞에 벌어진 일로 받아들이던 조한이는 이후로 만나지 못했지만 왠지 길을 걸으면 시청에서 광화문 종각에서 명동까지 을지로의 작은 골목들을 걷다보면 '떼웁니다' 같은…… 무엇을? 왜?라는 의문이 드는 그런 간판들이 되지 않았을까 조한이는? 아무래도 그런 생각을 하게 된다. 물론 그를 마지막에 보았을 때 그는 병원에 입원했다가 퇴원하게 되면 다시 강원도의 친척집으로 간다고 했지만. 그러나 매일매일 이미 죽은 여자들을 따라다니던 조한이는 이미 길가의 어떤 것이 되었음에는 틀림이 없다. 그가 쓴 수첩 속 글들도 내 서랍 바닥에 내 속옷들과 함께 곱게 누워 있지만 그 모든 글들은 알 수 없는 종교 전단지가 되고 이리로 → 같은

페인트 글씨가 되고 십이년쯤 연체한 후 던져넣은 도서관의 책이 되고 그 책을 받아먹는 노란 반납함이 되었을 아니 된 것이다. 나는 잘 알고 있다. 조한이가 어떻게 되었는지 조한이의 말과 글이 어떻게 되었는지 조한이가 길가에 붕 띄운 정신이나 영혼이 어떻게 되었는지 그것들이 어떻게 눈에 보이는 길가에 굴러다니는 것이 되었는지. 나는 또 잘 알고 있다. 이미 죽은 열두명의 여자들은 그 여자들만은 완전히 죽지 않고 김산희를 완전히 죽였고 김산희 같은 자를 또 만나게 되면 그자도 완전히 죽여버릴 것이라는 것을 말이다. 그런 것은 뭐라고 해야 할까. 그런 것은 가볍게 몸을 붕 띄워 은행잎 더미가 되지는 못하고 아직 이미 죽은 자로서 존재하는 것이라고 생각한다. 물론 이것은 나의 생각이기도 하지만 전적으로 조한이의 생각이기도 하다. 내가 그의 수첩 속 이야기를 정리하여 받아들인 것이라 할 수 있는 것이다. 그래서 나는 길을 걸을 때 가끔 이미 죽은 여자들이 자신을 죽인 자들을 찾으러 뛰어다니고 있다는 것을 어느 순간 분명하게 느낄 수밖에 없게 된다. 어느 순간 잠시 온몸이 굳는 긴장감 같은 것들 속에서 말이다. 그렇다면 살아 있는 여자들에게서 그러니까 나 자신에게서 나는 무엇을 느끼는 걸까? 길을 걷다가 말이야. 살아 있는 여자들에게서 나는 무엇을 느끼는 것일까. 우선은 입을 떼기 전에 내 몸을 붕 띄워 여러가지 것을 길에 만들어보려고 한다. 그것은 아직은 전혀 예기치 못한 형태로 길가에 갑자기 못 보던 흰색 비둘기가 출몰하는 것과 같은 식으로 의지와 의도가 전혀 반영되지 않는 형태로 나타나지만 말이다. 살아 있는 자들은 살아 있는 자들과 이미 죽은 자들 모두에게 직접적인 눈빛을 보내야 함을 알기만 하고 어떤 형태로도 잘 만들지는 못했는데. 그것은 살아 있는 자들이 무언가를 더 잘하거나 못해서라기보다는 죽은 자들 역시 죽은 자들과 살아 있는 자들 양쪽에 모두에게 직접적인 눈빛을 보내기 때문이고 그들은 그 일에 더 익숙하기 때문이다.

그렇게 나는 자꾸만 길을 걷게 되었고 길에는 무엇이 있나 무엇이 떨어져 있는 듯이 그대로 서 있나 어떻게 생겨나 어떤 식으로 살아가고 있는가를 자꾸만 찾아보고 수첩에 쓰게 되었다. 수첩과 펜은 늘 주머니에 있었고 나는 그걸 잊어버릴까 펜에 줄을 달아 수첩과 연결해두었다.

나는 볼펜이 달린 수첩을 늘 몸에 지니고 어느 순간 눈에 보인 것들을 적어가기 시작했다. 정명한이 위암으로 죽은 후 이미 죽은 세명의 여자들이 그를 다시 죽이기 시작한 것은 지난달의 일이었다. 정명한은 이미 죽은 세명의 여자들에게 적어도 세번의 고통스러운 죽음을 당하지 않을 수 없었다. 하지만 그가 위암으로 죽은 것일까? 나는 그가 죽기 전 이미 죽은 여자들에게 죽임을 당했을 가능성에 대해 전해들은 바가 있다. 아무리 글을 많이 쓰더라도 수첩은 늘 내 주머니에 있었고 수첩에는 고무줄을 묶은 볼펜이 달려 있었다. 나는 그것을 늘 몸에 지니고 다녔다. 여전히 길가에는 이상한 것들이 넘쳐났고 어제는 인적이 드문 골목에 집 한채 가게 하나 없는 골목에 놓인 서울시라고 쓰인 쓰레기통을 보았다. 쓰레기통에는 쓰레기가 삼분의 일 정도 차 있었다. 쓰레기통을 잠시 바라보다 나는 몸을 돌려 사람들이 많은 길가로 향해 갔다.

펄럭이는

종이 스기마쓰

성서

어제 본 전시는 조선시대 말 박해받던 기독교인들이 종이에 성서를 옮겨 적어 각자 보관하며 성경 말씀을 나누었다는 자료에서 시작된 것이었다. 작가는 조선 말기 농민들의 생활에 관한 자료 수집을 하던 중 두세줄 정도로 짧게 기록된 해당 내용이 그뒤로도 계속 기억이 났다고 하였다. 이후 작가는 그들이 어떤 식으로 성서를 옮겨 적었으며 보관된 성서의 부분들은 어떤 형태였을지 시각화하여 구현하고자 하였다고 했다. 전시장은 부산 중구 골목길 안에 있는 마당이 딸린 오래된 집이었다. 이걸 한옥이라고 하면 좋을지, 오래된 가정집 정도로 말하면 좋을지 아무튼 오래전의 시골 할머니댁처럼 마루와 나무기둥이 남아 있는 집이었다. 그러나 이것이 전통한옥으로 분류되어 보존되는 그런 집들처럼 어떤 조건들을 충족하는지는 잘 모르겠다. 그래도 이 정도 오래되었으면서 단정한 집은 요즘은 찾아보기 힘들 것이라는 생각이 들었다. 전시장의 문이자 원래는 집이었던 곳의 문은 평범한 철제 대문이었는데 공간에 전반적으로 나무와 종이가 드러나게 하고 싶어서였는지 외부를 얇은 나무판으로 감싸, 전시장을 들어올 때는 철제문이 보이지 않게 처리되어 있었다. 그렇게 나무문으로 바뀐 전시장의 문을 열고 들어가면 부드럽지만은 않은 부산의 봄바람에 여러장의 종이들이 나무기둥과 벽에 붙어 흔들리고 있었다. 먹으로 쓴 한글과 한자가 섞인 여러 구절들이 바람에 펄럭였다. 신기할 정도로 종이들은 모두 떨어지지 않고 제대로 붙어 있었고 나는 전시의 내용을 알고 보러간 것이지만 그 내용을 잊어도 좋을 만큼 펄럭이는 종이들이 내는 소리와 단지 종이가 펄럭이고 있는 것이 왜 계속 보고 싶은 감정을 불러일으키는 것일까 스스로 묻는 물음 안에서 한참을 가만히 서 있었다.

이것은 내가 며칠 전 꾼 꿈의 내용이었다. 나는 꿈속 누군가가 말을 한 것인지 아니면 실제 전시 제목으로 써 있던 것을 본 것인지 꿈속에서 여러번 나온 말 '스기마쓰 성서'를 꿈에서 밀려나오면서 주문처럼 외며 기억해두었다. 꿈에서 깨었을 때 스기마쓰 성서를 메모해두고 귓가를 울리던 펄럭이던 종이 소리를 기억해두었다. 벽과 나무기둥, 나무판에 붙어 펄럭이던 화선지들의 소리는 꿈에서 누군가 미술관 전시 안내원처럼 내 옆에서 "조선시대 말 박해받던 기독교인들이 비밀스럽게 한장씩 쓰던 것입니다"라고 말하던 내용을 떠올리지 않을 수 없게 하였다. 그리고 스기마쓰라는, 실제로 일본에는 이런 성이 있을까? 미심쩍어하며 검색해보았는데 몇몇 중소기업의 홈페이지가 나오기는 하였다. sugimatsu로 시작하는 회사 URL로 들어가보았지만 특별한 것은 없었다. 꿈에서 밀려나올 때 나는 그것이 내게 엄청난 것을 보여줄 것이라고 기대하면서 나를 꿈에서 밀어낸다면 나는 이 비밀을 기억하고 알아낼 테야 같은 마음이었는데 막상 특별한 것이 없자 곧 잊고 말았다. 어쩌면 그것이 무언가를 알아내는 데 중요한 길잡이가 되는 키워드였더라도 이 정도에 금세 포기해버린다면 알아낼 수는 없었겠지라는 생각이 이제야

들기는 한다. 꿈에서 완전히 깬 나는 어떤 단어를 아는 것으로 뭐가 얼마나 바뀔 것이라는 것을 기대하지 않는 보통의 상식으로 많은 일들을 판단하는 사람으로 변하였다. 삼십분 전 내가 어떤 마음으로 그 단어를 기억했는지는 잊어버린 채 마치 그런 것은 우스운 것이라는 듯이 행동하는 상식적인 사람으로 변해버린 것이다. 그래서 많은 것을 금방 잊어버린 것이다.

펄럭이는 종이에 대해 다시 생각하게 된 것은 오랜만에 가위에 눌린 뒤였다. 나는 가위에 눌릴 때면 바람이 움직이는 소리를 듣고는 하는데 그날은 가위에 눌렸다 깨어났다 다시 잠들면 곧 가위에 눌리고 그게 세번쯤 반복되었다. 잠을 자고 깨고 다시 잠들고 그사이 바람 소리가 계속 머릿속 어딘가를 통과하고. 어떻게 어떻게 잠이 들기는 했지만 그렇게 아침에 눈을 뜨니 밤새 뭔가에 시달린 기분이었다. 잠을 그래도 다섯시간 정도는 잤을 텐데. 그날 오후 그러고 보니 바람 소리를 이전에도 들었을 때가 있었는데라고 생각하다보니 이전에 메모해둔 스기마쓰 성서가 떠올랐다. 꿈에서 본 곳에 찾아간다고 그게 그대로 있으리라고 기대하는 건 아니었지만 금요일에 출장 때문에 부산에 가야 했고 숙소도 부산역 주변이었으니 꿈속 전시 장소를 산책하는 게 대단한 기대나 결심을 필요로 하는 것도 아니었다. 그럼 중앙동 골목들을 산책해봐야지 생각하였다. 그리고 밥을 드세요 수영을 하세요 할 일을 하세요 이런 목소리도 들을 수 있었다. 이것은 매일 내가 나에게 하는 소리인데 나는 수영을 안 한 지 몇달이 되었고 당분간은 할 생각도 없었는데 언젠가 했던 결심 같은 것은 몸이라는 기계 어딘가에 입력이 돼서 어떤 식의 작용으로 머릿속에서 울리게 되어 있나봐 하는 생각이 들었다. 혹은 저 사람을 피해 얼른 뛰어가 너는 말을 해 너는 울면 안 돼 같은 즉각적인 경고를 들을 때도 있었다. 어떤 때는 경고대로 움직이고 어떤 때는 듣고 해야겠다고 생각하면서도 잘되지 않기도 한다. 많은 것들이 연결되어 있다고 생각하는 것은 쉬운 생각이기도 당연한 생각이기도 한 것 같다. 아무튼 밥을 먹긴 먹고 일을 하긴 하고 집에 와서 이번 주에 할 일을 중간중간 생각할 것이다.

언젠가 비행기로 부산에 갈 일이 생기겠지, 기차와 돈

이나 시간이 크게 차이 나지는 않으니 비행기를 타게 될 일도 생길 거야. 급하게 보내야 할 메일을 보내고 전화 통화를 두통쯤 하고 자리로 돌아와 외투를 담요처럼 덮고 잠을 자려 눈을 감았다. 사람들이 무슨 이야기를 하는지 이해를 할 수 없을 때가 많아, 나는 또 어디선가 듣게 되는 나의 목소리를 듣다가 그렇지 나는 매번 사람들이 뭐라고 하는지 이해할 수 없지라고 대답하며 잠이 들었다. 아무 꿈도 꾸지 않았다. 부산역에서 내려 역을 빠져나가기 위해 에스컬레이터 앞에 섰을 때 간판과 높은 지대의 건물들이 정면으로 역에서 내린 사람들과 마주하고 있었다. 부산역에서 내린 사람들 중 여객 터미널 방향이 아닌 그 반대쪽 출구로 나온 사람들은 이 장면을 마주할 수밖에 없다. 그런 의도가 아니라면 할 수 없지만 마치 이 장면은 당신이 이곳에서 보게 될 것은 모두 이러한 것이라고 말하고 있는 것처럼 보였다. 나는 순순히 응하며 그것을 보겠습니다 하는 마음이 되었다.

그런데 그들의 의도를 어떻게 알 수 있겠는가. 나는 정면을 바라보는 큰 간판과 높은 지대의 건물들을 그들이라고 합해서 부르며 그들이 어떤 식으로 살고 있는지 건물과 사람과 간판과 시간을 생각했다. 그들은 토요일 오후 남포동에 갑니다 서면에 갑니다 해운대에 갑니다. 건물은 아무 데도 갈 수 없지만 정면으로 바다를 바라보고 있다. 만과 항구 바닷가 거리 도시의 골목들, 어디로도 갈 수 없지만 왠지 먼 곳을 모두 이해할 것 같은 건물들을 생각했다.

호텔에 짐만 맡기고 메일과 전화로만 인사하던 거래처로 가 삼년 만에 실제로 얼굴을 뵙네요 말하고 상대적으로 나쁜 기억이 없어서인지 의외로 정말로 반갑다는 마음이 들었다. 그러고 보면 친구들 가족들보다 더 자주 연락한 사람들일지도 몰랐다. 너무 많은 시간을 썼다. 그래서 실제로 반가웠다. 사무실에서 처리할 일들을 다 처리하고 나는 고래고기를 대접받고 생전 처음 먹는 음식이라 좋은지 싫은지도 알 수 없는 상태에서 다 먹고 하지만 대체 왜 고래까지 먹어야 하나 생각하다가 이쯤 되니 처음의 반가웠던 마음은 언젠가부터 사라지고 없고 얼른 호텔 방으로 돌아가고 싶다는 생각만 들었지만 할 일을 다 하고 피곤해서 어쩔 수가 없다고 웃으며 여러번 거절하고 열한시가 넘어 호텔에 도착했다. 외투를 입은 채 토하고 옷을 걸고 씻고 머리도 못 말린 채 침대에 누웠다. 곧바로 잠이 들 것 같았지만 잠이 들지 않아 옷을 대충 걸치고 편의점에 가서 담배를 사와 호텔 앞에서 피우고 돌아왔다. 하지 않는 일들. 평소에는 술도 담배도 거의 하지 않는데 그런 일들을 출장을 가서는 마치 나는 다른 사람이라는 듯이 하고 있으며. 그러고 보면 악몽이나 가위눌림은 호텔에서는 거의 일어나지 않는 것 같다. 몸의 어느 부분은 이것이 평소와 다르다고 말하지 않아도 자연스럽게 이해하고 있었고 때로 강하게 말을 한다. 그런 생각을 하며 잠이 들었는데 며칠 만에 다시 가위에 눌렸고 여전한 펄럭거리는 바람이 움직이는 소리를 들었고 바람 소리를 자주 듣는다고 생각하며 잠에서 깨자 호텔방 창문을 열어둔 것이 보였다. 커튼 끝에 달린 장식이 바람 때문에 창틀과 부딪치며 소리가 나고 있었다. 나는 바람 소리와 함께 춥다는 생각을 했는데 이게 다 문을 열어둔 것 때문이었구나, 다시 문을 닫고 잠을 자려다 서서히 푸른빛이 찾아오는 새벽의 공기를 잠시 바라보았다. 바다 냄새가 나는 것도 같아. 해가 뜨는 것을 보자 왠지 해가 뜰 정도의 큰 움직임이 피곤하게 느껴졌고 창을 닫고 몸을 이불 안에 넣은 채 다시 잠들었다.

어제는 잘 들어가셨어요? 업무 여러모로 배려해주셔서 감사합니다.

그럼 조심히 올라가셔요.

어제 함께 고래고기를 먹었던 세희씨에게서 메시지가 와 있었다. 나는 잘 들어갔다고 감사하다고 답장을 보내고 왜인지 이게 다 진짜인가? 무슨 일을 한 거지? 실제로는 후회할 일이나 이상한 일도 없던 무난한 출장에서의 하룻밤이 뭔가 사실처럼 느껴지지 않고 오래전 여행지에서의 하루처럼 먼 일같이 여겨지고 많은 일들이 이해가 안 되고 다 이상하다는 생각을 하다가 겨우 손을 뻗어 냉장고의 생수를 마셨다. 전복죽을 사 먹고 산책을 할 것이다.

여전히 침대에 누워 언제쯤 몸을 일으킬까 생각하다가 이전에 부산에 들렀을 때 아미동까지 걸어갔던 일이 떠올랐다. 아미동에는 일본인 공동묘지 위에 세운 집들이 많았고 무덤의 비석을 이용해 집 주춧돌이나 계단 등을 지은 것 역시 볼 수 있었다. 오늘도 몸만 일찍 일으킨다면 걸어서 갈 만한 거리였는데 나는 눈으로 보이는 분명한 글자들, 무덤의 비석이라든가 손으로 쓴 대자보 같은 것들이 다른 시각적인 요소들보다 어째서 늘 분명하게 기억에 남지 생각했다. 한눈에 이해할 수 없는 글자들이어도 왜인지 강하게 기억에 남았다. 비석의 글자를 한눈에 알아볼 수 있는 사람들은 더 선명하게 그 글자들을 받아들이겠지? 이것은 나의 성과 같다거나 나의 친구의 성과 같다 들어본 적이 있는 이름이다 생각할 것이다. 혹은 이 집에서 어릴 때 몇년간 세를 들어 살던 아이가 이사를 가 다시는 아미동으로 돌아오지 않고 있다가 자라서 부산도 떠나 한동안 외국에서 살다가 다시 가족을 보기 위해 혹은 친척을 보러 아니면 아무 일도 아닌 이유로 다시 아미동에 들러 비석을 보았을 때 기억 저편에 있던 획수와 모양이 너무나 분명하게 떠오르게 될 것이다. 혹은 그가 부산을 떠나 서울에서 학교를 마치고 회사를 다니며 살다가 일본으로 출장을 가게 되어 어느 회사의 직원과 고개를 숙이고 각자 명함을 교환할 때 명함 속 이름에서 어린 시절 살던 집의 기둥으로 쓰던 비석의 글자를 찾아내게 될 것이다. 너무나 분명하게 찾아오는 글자의 모양. 하지만 어쩌면 그런 순간들이 와도 모든 것을 잊어버리는 것이 당연한 것일지도 모르겠다. 나는 아직 잘 모르겠다.

햇빛이 환하고 눈이 부셨다. 전복죽 대신 중국 식당에서 중국식 따뜻한 두유와 튀긴 빵을 먹었다. 두유에는 설탕을 가득 넣어 먹었는데 그래도 별로 달지는 않았다. 오랜만에 마리아에게 연락을 해볼까 하다가 관두고 지나가다 들렀을 때 있다면 혹은 없다면 그때 생각해야지라고 결정하고 두유를 더 마시다 나왔다. 마리아는 이전에 내가 다른 곳에서 근무할 때 그 앞 스타벅스 매장에서 오래 일하던 사람이었다. 오래라고 해도 내가 회사를 다닌 기간과 비슷한 정도였을 테니 이년 정도였을까. 유니폼에 영어 이름이 적힌 명찰을 다는 게 규정이었는데 마리아는 당연히 Maria였고 이걸 영어 이름이라고 주장하면 영어 이름이겠지만 그래도 왠지 처음 봤을 때부터 본명일 것 같다고 생각했다. 마리아의 이름은 그래서 처음 커피를 주문하자마자 자연스럽게 외우게 되었다. 그 사람은 대학을 졸업하고 몇년간 비서로 일했는데 그 당시에는 회사를 그만두고 스타벅스에서 일을 하며 미용기술을 배우고 있었다. 우리는 이후 미용실에서도 마주치게 되었는데, 마리아는 내가 다니던 미용실의 원장과 아는 사이라 그곳에서 틈틈이 실습 겸 일을 배우고 있었기 때문이다. 아침에 커피를 전해주던 사람이 저녁에 머리를 감겨줘서 우리는 왜 이렇게 자주 마주치나요. 서로 신기해했지만 나는 왠지 이 사람이 많은 것을 해주고 있군 나중에는 식당에서 밥을 만들어주거나 옷을 사러 갔더니 뒤에서 옷을 짓고 있을지도 모르고 그래도 좋다고 하지만 마리아의 입장에서는 어디로 가면 내가 튀어나와서 이게 뭐야 생각하는 건 아닐까 혼자서 역시 그런 이상한 생각을 하며 머리를 맡기고 있었다. 그렇게 자주 마주치며 조금씩 가까워졌는데 이년쯤 지나자 부산에 일이 생겨 간다고 인사를 하였다. 미용실을 차리게 된 건가? 원래 회사에서 하던 일을 하는 건가? 아니면 아예 새로운 일을 하는 건가? 이걸 물어봐도 되나? 생각하다가 좋은 일인 거죠? 축하해요 하고 말았던 것이 마지막이었다. 그후 가끔 메시지로 잘 지내고 있다는 소식이 오가곤 했다.

두유를 마시고 일어나 중앙동을 향해 걸을까 하다가 몸을 돌려 반대쪽인 수정동으로 향했다. 나는 맞은편 건물에서 일하는 사람, 사는 사람들을 생각했다. 내가 저기서 산다면 어떤 곳에서 어떤 일을 하며 혹은 아무 일을 하지 않는다면 어떤 이유와 흐름으로 살게 된 것일까 생각하다가 말았다. 오랜만에 술을 마셔서인지 잠을 못 잔 것처럼 머리가 무거웠다. 근로공단과 부산치과의사협회 한국감정사협회 러시아스쿨을 지나자 저곳에는 어떤 사람들이 어떤 일을 얼마나 같은 아까와 같은 생각이 다시 이어지고 점심은 뭘 먹을까 이렇게 계속 걷다가 중간에 버스를 타고 마리아가 일하는 동네에 슬쩍 들러봐도 늦지는 않겠지 아니면 아예 머리 아프니 다시 호텔로 돌아갈까 같은 생각을 하다가 말다가 하였다. 버스를 타세요 정면을 향해 가세요. 나는 부산진시장에 가서 시장 구경을 하고 지금 당장 바꿀 수 없는 커튼이나 이불보 구경을 해야겠다고 마음먹었다. 걷자면 걷겠지만 버스를 타고 나의 오른편에 있는 것이 확실한 바다를 떠올릴 것이다.

버스 안에는 할머니들, 교복을 입은 학생들이 몇 타고 있었다. 주말이 아닌가 토요일에 왜 교복을 입고 있지 생각을 하다가 이제는 학교와 관련된 것들이 다 너무 멀어서 무슨 이유가 있겠지 내가 모르는. 부두 제5거리 해양종합상사 같은 저기엔 바다가 있다는 것을 말해주는 간판들을 지나고 사람들은 모두 시장에서 내리는지 예닐곱명의 승객들이 부산진시장 정류장에서 하차를 하였다. 한복집과 미싱이라는 간판들을 지나 천 가게를 지나다보니 허기가 져 칼국수를 사 먹었다. 멸치로 국물을 낸 칼국수를 코를 풀며 먹고 일어나 마치 이걸 먹으러 버스를 타고 시장에 온 것처럼 다시 큰길로 나와 지하철을 타고 중앙역에서 내렸다. 어제부터 입고 있던 트렌치코트는 어느새 구겨져 있었고 굽이 낮지만 이틀째 구두를 신고 여기저기를 걷고 있었다. 내일까지 위에 입은 얇은 니트만 한번 갈아입는 것 말고는 계속 같은 옷을 삼일째 입고 다닐 텐데 그러다보니 마치 이것이 내게 주어진 몇 안 되는 정해진 옷처럼 느껴졌다. 교복처럼 유니폼처럼. 꿈에서 나는 중앙동이라고는 하지만 조용한 주택이 있는 골목으로 들어가 전시를 보았다. 그간 이 골목을 여러번 걸었지만 그런 곳이 어디쯤일지 가늠이 되지 않았고 어쩌면 그걸 알고 있었지만 막상 가면 무언가 새로 보게 되는 것이 생기지 않을까 내가 지나쳤던 골목이 있지 않을까 생각했던 것이다.

고양이들이 지나갔다. 얼굴이 크고 험악한 표정의 멋있는 고양이 두마리였다.

松山 MATSUYAMA 무역이라는 간판을 보았다.

부산상사라는 머릿돌을 가진 오래된 벽돌 건물을 보았다.

부산상사가 있는 골목을 지날 때는 정말로 아무도 지나가지 않았다. 골목에 아무도 없었다.

고양이들을 따라 오른쪽으로 꺾었는데 이제 그만 따라오라는 듯 인간이 지나가기 힘든 건물 사이로 고양이들은 사라졌다. 나는 다시 원래 있던 곳으로 돌아와 방금 손님이 나간 까페로 가 뜨겁고 진한 커피를 주문했다. 창가에 앉았는데 나처럼 보이는 트렌치코트를 입은 사람이 보였는데 당연히 나였고 경직된 어깨와 얼굴을 한 그 사람을 살짝 외면하며 와, 정말 출장 온 사람처럼 입고 다녔네 생각했다. 사무용 가방에 넣어온 천 가방조차도 뭔가 출장자의 예비용 가방처럼 보였다. 커피를 마시자 정신이 더 명료해지고 호텔 내 방 안에는 옷을 벗고 가운만 입고 있는 내가 움직이기 싫어 어제 편의점에서 사온 녹차만 입안에 머금고 어젯밤의 예능프로 재방송을 보고 있을 것 같다. 조식 시간도 놓치고 배는 고프지만 그냥 참을 것이고 다시 잠이 들어도 좋다고 생각할 나는 잠을 많이 자서 얼굴이 하얗고 잠을 많이 자서 너그러운 얼굴이었다. 커피를 마시는 나도 여유로웠으며 복잡한 생각 같은 것은 안 하고 있었지만 마치 커피를 마시고 정신을 차려서 인생의 어려운 일들, 은행과 관공서와 상사에게 전화를 하는 것 같은 일들을 처리하며 침대 위의 나를 먹여 살리는 것처럼 보였다. 얼른 호텔로 돌아가 자고 싶었다.

—너무 진하지 않으세요?
—아뇨, 졸려서 괜찮아요.

까페 주인은 초콜릿을 갖다주고 진하지 않다고 했지만 다크초콜릿과 진하게 내린 커피를 마시니 정신이 명료해지며 동시에 묘하게 들뜬 기분이 되었다. 이곳에서 몇시간을 보내다 가면 머리에서 담배 냄새 같은 커피 냄새가 한동안 사라지지 않을 것이다. 옷에도 손에도. 그런데 어제부터 술과 생선의 냄새, 어디에 묻히진 않았지만 토 냄새가 옷과 머리카락 어딘가에 아주 조금 남아 있을 것이라는 생각이 들었다. 모든 것이 새것이 아냐 그럴 리가 없어. 감은 머리도 씻은 얼굴도 어딘가를 가고 통과하고 묻히고 생각하고 화를 내고 또 사라지고.

주인은 물잔이 빈 것을 보고 또 채워줬고 테이블만 보고 있던 고개를 들어 까페 안을 살피자 이제 남아 있는 사람은 나뿐이고 실내는 아직 온풍기를 틀어놓아서인지 따뜻했고 겉옷을 의자에 두고 휴대폰을 보다가 말다가, 주인은 까페 안 작게 마련된 로스팅실이라고 표시된 곳으로 들어갔다. 이대로 더 있다간 약간 덥다고 느끼게 될까, 공간이 따뜻해서인지 커피를 다 마시고 초콜릿과 물도 다 마셨지만 일어나지지 않았다. 카운터의 메뉴판을 들고 와 다시 하나하나 보았는데 아까는 정신없이 시켜서 몰랐는데 다시 메뉴 설명을 보니 신경을 쓴 메뉴들 같다는 생각이 들었다. 뭔가를 더 시킬까 커피를 한잔 더 마시면 더 심장이 뛸 것 같은데 그런데 주인은 계속 저기 있는 건가. 나는 따뜻한 물을 부탁하려 일어나 로스팅실로 표기된 곳으로 가보았는데 아무도 없었다. 물을 마시지 못하고 사람들은 없고 나는 일어나 화장실도 가고 까페 안 이곳저곳을 살폈다. 물과 영양과 햇빛을 제대로 잘 받은 것 같은 잎이 넓은 잘 자란 식물은 먼지 하나 없었다. 책은 따로 비치되어 있지 않았고 주인이 보고 있었는지 목공 기구를 소개하는 영어로 된 잡지가 몇권 카운터 쪽 좌석에 놓여 있었다. 그러고 보니 카운터와 내부 테이블 하나는 누군가가 직접 나무로 만든 것 같은 느낌의 가구였다. 나는 테이블을 손으로 만지며 이건 무슨 나무 물어보면 이제는 얼굴도 희미한 주인은 대답한다. 오크입니다 소나무입니다. 주인이 없는 아마 없지는 않겠지만 당분간 사라진 까페에 계속 앉아 있는 것이 이상한 일일까. 나는 계산을 하지는 않았지만 자리에서 일어나 나가고자 한다면 계산을 할 방법이 아예 없지는 않을 것이다. 현금을 내고 가면 되는 것이다. 나는 이제 열심히 일을 하는 나는 간데없고 트렌치코트를 여미며 정처 없이 길을 걷는 나, 시장을 돌아다니는 나가 있고 호텔에서 방 안이 건조하다 배가 고프다 생각하지만 아직은 어디로도 가고 싶지 않아 누워 있는 잠을 푹 잔 나와 아무도 없는 곳에 혼자 돌아다니며 무엇을 하는지 모르겠는 나가 보였다. 그러고 보면 얼굴이 큰 고양이들은 잘 먹고 다니는 것 같은 얼굴이었다.

—너 부산이랬지?

—어, 내일 갈 거야.

—내일 몇시에 가?

—글쎄 점심 지나서? 근데 너무 늦지 않게 갈 것 같아.

—내일 별일 없으면 점심 먹자고 연락했어.

출장에 가기 전, 직장을 그만두고 부산 본가에 내려가 쉬고 있는 친구에게 연락을 했던 것이 기억이 났다. 지금 친구를 불러도 될 것 같은데 친구가 와도 아무도 없으면? 그러면 둘은 다른 곳에 가도 될 텐데 무슨 걱정이야? 아무튼 문자로 점심의 약속 시간과 장소를 대략 정하고. 주인이 어디에 빠지거나 걸려 넘어지거나 안으로 잠기는 문을 잘못 닫아 갇히거나……?

스기마쓰 성서에 관한 것은 실제로 부산을 걷자마자 정말로 꿈속 이야기처럼 되어버렸네. 차라리 어디에도 가지 않고 스기마쓰 성서에 대한 이야기를 스스로 만들어버리는 길이 있을지 모른다. 나는 원래 앉았던 창가 자리로 돌아와 움직일 때 들고 다니는 얇은 수첩을 펴, '그렇게 손으로 옮겨 적은 비밀스러운 성서는 박해 속에서도 전수가 되어 사람들은 복음을 얻게 되었다. 이러한 이야기가 알려진 것은 1972년 이후로, 스기마쓰 지역 중학교 선생님으로 근무하던 모씨가 본인의 외할아버지가 한국의 골동품 업자에게 사온 먹으로 쓴 성경을 기독교 박물관에 기증하면서부터이다'라고 적었다. 이게 아니라 다른 가능성이 좋을까.

손으로 옮겨 적은 성서는 현재의 성서를 전체 다 옮긴 것은 아니고 그중 일부만을 옮긴 것인데 혹은 전체를 옮겼으나 일부만 남은 것일 가능성도 있다. 어쨌거나 현재 남아 있는 것은 시편과 잠언이다. 절반 이상이 한 사람이 옮긴 것으로 보이며 필체의 차이는 있으나 모두 세필로 종이에 여백이 거의 없이 촘촘하게 옮겨져 있다. 한글로 옮겨진 이 성서가 스기마쓰 성서로 불리는 데는 몇가지 유래가 있다. 그중 하나는 이 성서를 빼어가거나 사간 일본인의 성이 스기마쓰라는 것이고 또하나는 마지막장을 옮겨 쓴 사람이 이유는 알 수 없지만 杉松라고 뒷면에 써두었는데 그 때문에 스기마쓰 성서로 불린다는 것이다. 어떤 이유든지 이 자료는 이넌 전까지 일본의 콜렉터가 소장하고 있었으나 한국의 기독교 계열 학교 다수를 보유한 학원 이사장이 되샀다고 한다. 적절한 시기가 되면 다시 일반인들에게 공개하여 목숨을 위협하는 박해 속에서도 믿음을 유지하고 복음을 전파하고자 하였던 신자들의 굳은 믿음을 알리겠다고 한다.

창가의 대각선 끝으로 문화원 건물과 아직 완전히 피지 않은 벚꽃이 보였다. 그래도 부산에 와서 벚꽃을 보긴 보았다고 말할 수는 있을 것이다. 나는 여전히 아무도 없는 이 까페 문을 열고 나가는 것이 왜인지 나의 한 단락을 정리하고 나가는 것 같은 느낌을 받고 어렵게 여겨졌고 쉽사리 일어나지지 않고 이것은 마치 호텔 침대 위 내가 세수를 하러 일어나지 못하는 것 같은 기분 같았다.

커피콩 200그램

쿠키 2종

까페 주인이 돌아온 것은 두시간 후였다. 그는 내게 너무 미안하다고 저 두개를 주었고 커피값을 받지 않았다. 내가 사람을 불편하게 한 건가? 이럴 때 그냥 나가면 주인은 미안하지 않고 나는 뭐지 이것은? 하고 십오분에 한번씩 마음속에서 물음표를 품으며 까페 안을 살피다 휴대폰을 확인하다 다시 스기마쓰 성서와 관련된 전시를 한다면 그 공간의 구조가 어때야 할지를 그려보는 일을 반복하지 않았을 것인데 나로서는 그 시간이 나쁘지 않았으나 이것이 상식인들의 행동 방식인지는 모르겠다. 아무튼 나는 괜찮았다고 말하였고 주인은 갑자기 급한 일이 생겨 그걸 해결해야만 했다고 말했다. 이 사람이 믿을 만한 사람인지는 모르겠지만 그 이야기가 딱히 거짓말처럼 들리지도 않았다. 주인은 다음 시간 아르바이트생을 불러 같이 저녁을 먹자고 하였다. 근처 대학원에서 중국문학을 공부하고 있다는 아르바이트생과 셋이서 멸치쌈밥을 먹으며 우리는 그에게 생긴 갑작스러운 일을 들었다. 그건 정말 그럴 만한 일이었다. 나는 처음 먹어본 고래고기 이야기를 하고 하지만 왠지 다시 먹게 될 것 같지는 않다고 하고 아르바이트생은 루쉰을 공부하고 있다고 말하고 어떤 주제에 대해 논문을 쓸 거냐고 묻자 숨을 한번 고르고는 부끄러워하며 아직 고민 중이라고 하였다. 멸치쌈밥집 앞에서 세사람은 서로에게 고맙다고 감사하다고 또 보자고 고개를 숙이고 또 숙이며 인사하고 손을 흔들었다. 아까 창가에서 보았던 문화원 앞 벚꽃 나무가 점점 더 가까워지고 있었다. 오후에서 저녁으로 넘어가는 빛 안에서 가지에 작게 달린 벚꽃잎도 곧 사라진다 생각했다.

제과점에서 빵과 쿠키를 사서 버스를 타고 성당 앞에서 내렸다. 마리아가 일하는 미용실 불은 아직 켜져 있고 손님이 있으면 방해가 될지 모르니 지나가듯 안을 살펴보다 들어갔다. 미용실에 에스프레소 머신이 있는 것은 처음 보았다.

—커피가 너무 본격적인 것 같아요.

—이거 다들 웃어요.

마리아는 시간이 되면 저녁을 같이 먹자고 하였고 나는 점심을 늦게 먹었다고 아주 틀린 말은 아니지만 하루 종일 뭔가 먹은 것 같은 기분이어서 어떤 걸 점심이라 저녁이라 말하기도 애매했고 아니 멸치쌈밥은 저녁이지 생각하다가 그냥 들렀다고 괜찮으면 일 끝나고 보자고 말하고 왜지? 이상하게 엄청난 반가움이 밀려와 껴안고 손을 흔들고 나가려는데 머리끝이 갈라졌다고 다듬고 가라고 어느새 어깨 위에 가운이 올라오고 나는 거울 속 나와 마리아를 똑바로 보다가 왠지 부끄러워 잠시 고개를 피하다가 다시 보았다. 언제나 짧고 단정한 단발의 마리아. 일부러 성당 앞에서 일하게 된 것은 아닌데 또 자연스럽게 저 성당에 다니게 되었다고 말했다. 성당에 다니는 손님들이 많이 와서 좋기도 힘들기도 하다고 하였다. 오늘 아무것도 못 먹어서 배고프다고 머리를 간단히 다듬어주고 난 후 작은 빵을 입에 넣으며 나를 바래다주었다. 교회는 밤에도 예배를 보는 것 같은데 성당도 그럴까. 붉은 벽돌 건물의 성당은 오른쪽 벽 창문을 통해 스테인드글라스가 보였고 오래된 곳인지 단정하게 시간을 지나온 공간임이 느껴졌다. 성당에 다니고 성당 앞에서 일하는 마리아. 요즘은 운전해서 출퇴근을 한다고 하였다. 내가 데려다줄 수 있으니까 여기 있어도 되는데, 아니야 끝나면 전화해요 우리는 손을 흔들며 헤어졌다. 버스를 타고 왔던 길들을 되짚어 걸었다. 서서히 어두워지는 길들과 멀리서 보이는 시장의 불빛들과 그 불빛들은 동시에 내 눈앞에서 하나씩 꺼졌다. 지나가는 사람들의 웃음. 이제 발이 아픈 느낌이라기보다 다리가 무거운 느낌이었다. 천천히 걸어 호텔로 돌아가 맡겨둔 키를 받아 문을 열고 손잡이를 돌리려 할 때. 이미 낮이 되어버린 시간에도 침대에 누워 있던 너는 여전히 침대에 누워 있는지 무엇을 먹고 언제 이곳을 나간 건지 한참을 돌아다니던 너는 다시 어떤 방으로 들어가는지 생각했다. 문을 열자마자 구두부터 벗어던지고 가방은 자연스럽게 침대 아래로 떨어지고 외투를 입은 채로 침대 위로 쓰러졌다가 다시 몸을 굴려 코트를 벗어 침대 위에 두었다.

눈을 깜박이다 일어나 코트를 옷걸이에 걸고 스타킹과 스커트를 벗고 스타킹은 간단히 빨아서 널었다. 세수를 할까 말까 고민하다가 세수를 하고 입고 있던 옷을 벗고 가운으로 갈아입고 알람을 맞추고 침대에 누웠다. 내일이 있다. 오늘이 있다. 한시간은 잠깐 잠이 들었다 깨기에 충분한 시간이다. 그러고 나서의 시간이 있다. 그럼에도 잠이 오지 않아 텔레비전을 보다가 잠이 들어 마리아의 전화를 받고 깨어났다. 아무 꿈도 꾸지 않았고 목 안이 건조해서 일어나자마자 생수를 마셨다. 우리는 호텔 앞에서 만나 역 주변을 걸었다. 두시간 정도의 차이인데 일을 끝내고 와서인지 마리아는 좀더 가뿐해 보였다. 십분쯤 걷다 작은 술집에서 회와 맥주를 시켰지만 거의 마시지 않고 사이다를 따로 시켜 마셨다. 마리아는 운전을 해야 했고 나는 당분간 술을 마시고 싶은 기분이 아니었다. 마리아는 배가 고프다며 우동과 튀김도 시켰다. 각자의 요즘 이야기를 하고 나는 힘든 이야기를 하려고 하면 여전히 많지만 왠지 하고 싶지 않았고 그건 마리아도 마찬가지였을 것이다. 까페 안에 갇혀 있듯 갇혀 있지 않은 시간이 어제, 지난주의 일 같고 그 이야기만 잠깐 하였다.

—내가 왜 안 나간 걸까. 좀 이상한 느낌이야.

—그냥 문이 열려 있으면 걱정이 돼서 안 나간 거 아냐?

—그런 것 같기도 하고.

우리는 한시간도 채 못되어 일어나 지나가다 본 까페에 들어가 커피를 마셨다. 생각하는 것과 하는 것은 달라. 마리아는 힘들지만 그래도 좋은 점이 있고 그런데 힘이 들고라고 말하며 웃었다. 습관처럼 머리를 넘기는데 상한 머리카락이 잘 다듬어져 손가락 사이로 기분 좋게 빠져나갔다. 나는 너를 좋아해 네가 정말 잘할 것이라고 생각해요. 손을 붙잡고 말하고 헤어졌다. 호텔로 다시 돌아와서는 다음번에는 누구를 만날 일이 없어도 별 계획이 없어도 편한 옷을 챙겨야 할까봐 생각했다. 욕조에 몸을 담그고 나는 꿈을 너무 믿는 것 같아, 꿈이 나를 해결해줄 것이라고 어디선가 동아줄처럼 내 눈앞으로 뭔가가 내려올 것이라 믿고 있었어라는 말이 머릿속을 맴돌고. 그래도 잠을 자고 일어나면 새로운 사람이 되기는 하지, 포장된 새 소시지를 뜯는 것 같은 새로움. 여전히 잠과 꿈에 대한 믿음을 그대로 가진 채 몸을 닦고 머리를 말리고 바를 것을 바르고 입을 것을 입고 침대로 향했다. 나는 얼른 자고 싶었고 그래서 굿나잇 잠이 든다.

자전거를

잘 탄다

삼십년쯤 전이라고 들었다. 그가 자신의 생활을 글로 써 작은 잡지로 만들기 시작한 것이 말이다. 거기에는 자신의 간단한 생활의 변화 최근 읽는 책 같은 내용이 들어 있었고 그는 그것을 주변 사람들 또 이야기를 듣고 신청한 사람들에게 우편으로 보내고 있었다.

그는 최근에 그 작은 잡지들을 모아 한권의 책으로 묶는 계획을 갖게 되었고 그것을 위해 지난호를 살펴보다가 문득 어딘가 허전하고 무언가 놓친 기분이 들어 한호씩 차근차근 살피기 시작했다. 그러다보니 정말 놓친 부분이 있었다. 양면 인쇄로 들어가야 할 부분이 앞부분만 인쇄되어 발송되었고 아마 편지를 받는 사람들은 아 이번엔

좀 짧네 하고 넘어갔을 것이다. 그는 편지의 뒷면에 들어갈 내용을 잡지와 관련된 내용을 보관해둔 책꽂이에서 찾았다. 십년도 더 된 글이라 내가 이런 글을 썼나 하는 생각이 들었다. 동네 산책에 관한 내용이었다.

—최근에 오년 전쯤 자주 가던 동네를 오랜만에 가게 되었다. 친구가 살던 동네였는데 그 친구는 작년에 버스를 타고 두시간은 걸리는 곳으로 이사를 갔다. 친구가 이사 간 이후 그 동네에 갈 일이 별로 없었다. 그 친구는 목공일을 해서 일이 없을 때는 시간이 많았는데 그때도 일을 막 마친 직후라 한가할 때였다. 친구는 나에게 자전거를 가르쳐주겠다고 했고 우리는 같이 자전거 가게로 가 자전거를 고르고 사서 친구네 집 근처 공터에서 타보기로 하였다. 친구는 뒤에서 나를 붙잡고 친절하게 설명해주었다. 넘어질 것 같을 때 넘어질 것 같은 방향으로 몸을 틀어. 나는 그렇게 계속 몸을 좌우로 틀며 조금씩 타는 길이를 늘려갔다. 그때 그런 생각이 들었는데 여러번 넘어질수록 자전거를 빨리 배운다는 말 말이다. 그런 말들이 있지 않은가. 여러번 넘어질수록 자전거를 빨리 배우고 여

러번 넘어질수록 단단해지고 참는 것이 이기는 것이고 그렇다면 왜 이기려는 것일까. 아무튼 나는 넘어질 만하면 그쪽으로 몸을 틀고 또 넘어지려고 하면 그 방향으로 몸을 틀고 그래도 영 안 되겠으면 자전거를 던지고 몸만 빠져나왔다. 그렇게 한시간 가까이 하다보니 자전거를 탈 수 있게 되었다. 친구가 기쁜 얼굴로 나를 보고 있었다. 웃으며 잘했다고 했다. 안 넘어져도 자전거를 배울 수 있다. 그것이 내가 그때 확실히 느낀 것이었다.

친구와 나는 나란히 자전거를 삼십분쯤 타다가 친구네 집에 자전거를 세워두고 왜 자전거를 안 타고 걸어갔는지 모르겠지만 장을 보러 갔다. 소시지를 사서 굽고 멸치와 호박을 사서 국수를 해 먹었고 다 먹고 나서는 복숭아도 먹었다. 그 동네는 크게 변하지는 않았지만 이런저런 가게들이 몇개 새로 생겼고 친구가 나에게 자전거를 가르쳐 주던 골목은 그대로였다. 나는 친구가 나를 자랑스러워하던 얼굴이 기억이 났고 처음에는 서서 바라만 보던 해바라기 무리를 자전거를 타고 휙 하고 지나쳤을 때의 노란 잔상도 떠올랐고 친구가 새로 이사 간 곳은 과수원과 밭이 있는 곳이었는데 그곳에 있을 친구의 모습을 그려보게 되었다. 아무튼 이번에도 크게 용건은 없었고 오랜만에 생각이 나서 가보기로 한 것이었다. 자전거를 배웠던 골목을 한바퀴 돈 뒤 큰길 근처 까페에서 커피를 마시고 언제 친구의 집에 가게 될까 한번 가봐야 할 텐데 하고 생각했다. 그후 자전거는 친구와만 타게 되었고 혼자서는 별로 타고 싶어지지 않았다. 친구는 이년쯤 후 자전거를 잃어버렸고 나는 친구와 함께 골랐던 자전거를 그냥 친구에게 주었다. 이후 나는 자전거를 안 타게 되었지만 한번 타면 잘 탄다. 실제 해도 좋지만 상상으로 더 좋은 것이 여행과 자전거와 수영이라고 생각한다. 물론 실제로 해도 정말 좋다. 갑자기 하고 싶어질 때 예를 들어 오늘처럼 친구의 동네에 가고 싶어진 것처럼 그렇게 갑자기 하고 싶어질 때 자전거를 타고 어떨 때는 수영을 할 것이며 가능하면 여행도 할 것이다. 그런 시간들을 기대해주기를.

—지난호를 보고 답장을 해주신 분들은 세분이었습니다. 모두 잘 읽었다고 해주었습니다. 남동에 사는 우나님은 제가 읽고 있다고 한 책을 샀다고 했습니다. 제 친구 우석은 제가 쓴 일기에 긴 답장을 보내주었습니다. 이것

은 다음호에 저의 의견과 덧붙여 함께 싣도록 하겠습니다. 나머지 한분은 이름을 밝히지 않으셨습니다. 잘 읽고 있다고 하십니다. 다음호는 17호입니다. 별 의미 없지만 17일에 발송해보려고 합니다. 감사합니다.

찾아보니 정말 17일에 발송되었다. 그는 우나와 친구 우석과 이름을 밝히지 않은 이가 자신들의 이름이 후기에 실리지 않아 섭섭했을 수도 있다는 생각이 들었다. 이번에 책으로 묶을 때는 그런 실수들에 대해 따로 밝혀야지 하고 생각했다. 자전거는 요즘도 잘 탄다. 시간이 지나고 변한 것들이 있고 나이도 먹었지만 자전거와 수영과 여행은 그리고 영화도 거기에 포함되겠지 여전히 좋아하고 오랜만에 하여도 여전히 이건 내가 할 일 같아 하고 그는 생각한다.

매일 산책
연습

용두산아파트 안에 들어가보고 싶다는 생각이 들었다. 부원맨션을 정면에서 바라보면 아파트 중간에 목욕탕이라고 쓰여 있었다. 아파트 안에 대중목욕탕이 있는 것일까 생각하다가 그러나 가장 들어가보고 싶은 부산의 아파트는 부산데파트인데 부산데파트의 내부는 최동훈의 영화에서 자세히 보았으니 안 봐도 괜찮지 않을까 생각하다가. 부동산에 연락해 매물로 나온 용두산아파트에 관해 물었을 때 그는 방금 그곳은 나갔다고 말했다. 그래도 나중에 비슷한 곳 나오면 보고 싶어서 그런데 한번 볼 수 없나요? 묻고 그는 내부를 보는 것을 허락해주었다. 부산역에서 차이나타운을 지나 중앙동을 걷다 광복동 남포동을 향하면 국제시장 근처에 용두산아파트는 있었다. 옛날 아파트들은 몇세대 되지 않는 한두동의 건물이 도심에, 왜 여기 있는 거지? 그런데 아파트라고 쓰여 있어라는 느낌을 지나가는 사람들에게 주었고 용두산아파트는 일층 대부분이 옷 가게여서 아파트라는 간판을 보지 않으면 그곳이 아파트인지 알아차리기 힘들었다. 용두산아파트를 향해 가며 옛날 유나백화점 건물이었던 곳을 지나고 이 건물 육층 남자화장실에서 1982년 한 대학생이 유인물을 뿌렸다는 것을 떠올렸다. 거기서는 미문화원 전경이 보였을 것이다. 왜 젊은 사람이 이렇게 넓은 곳에서 살려고 하냐고 더 작은 곳은 필요 없냐고 묻고 더 작은 곳도 좋다고 좋은 곳 나오면 연락달라고 말하고 그런데 작업실로도 쓸지 몰라서 넓은 곳을 보고 있다고 생각지도 않았지만 자연스럽게 대답하고 그런데 뭐하는 사람이냐는 질문에는 개인 작업을 한다고 말했다. 그외에도 몇개의 질문이 따라왔지만 못 들은 것처럼 시끄러워서 안 들리는 것처럼 아 네 네라고 대답하며 집에 온 정신을 집중하려고 했다. 가죽 소파와 금붕어가 노는 수족관이 거실에 있는 40평대의 집을 구석구석 열심히 보았다. 부엌에는 매실장아찌를 담가둔 유리병이 네개나 있었다. 용두산아파트 내부를 구경하고 창 너머 보이는 지금은 근대역사관이 된 부산미문화원 건물을 보았다. 어디에서는 무엇이 보이고 또 그곳에서는 다른 것이 보이고 무언가를 보기 위해 높은 곳으로 오르고 숨기 위해 창문을 닫는다. 그런데 어떤 장면은 아무것도 남지 않는다. 그런 것은 찍을 수도 찍힐 수도 없었다. 보는 사람은 있었을까 그것조차 알 수 없다.

백화점 건물 육층에서 미국의 1980년 5월 광주에 관한 책임을 묻는 유인물을 뿌리던 남자는 자신의 동료들이 건물 일층으로 들어가고 이후 계획대로 불길이 치솟고 연기가 건물을 에워싸는 것을 보았을 것이다. 바람이 많이 부는 날이었고 무엇을 얼마나 뿌렸을 때 어느 정도의 결과가 발생하는지 그들은 몰랐고 그것을 대체 어디서 어떻게 배울 수 있는지 그러므로 그것으로 후에 누군가 죽는 것을 그들은 예상하지 못했다. 아직 그 사실을 알지 못하는 육층 남자화장실의 남자는 그곳에서 보이는 것을 떨리는 마음으로 지켜보았을 것이다. 실제로 인화물을 들고 건물 일층으로 들어갔던 이들은 스무살 안팎의 젊은 여성 네명이었고 불을 붙인 사람들도 그 네명이었다. 불이 붙던 순간은 그 네명만이 아니 네명 중 한두명만이 보았을 것이다. 백화점 육층에서 남자는 그 모습을 지켜보며 유인물을 뿌렸고 그는 후에 주동자로 지목되어 사형을 선고받는다. 국도극장에서는 당시 의대생이던 또다른 남자가 같은 내용의 유인물을 뿌렸다. 그는 이후 부산에서 빈민들을 위한 치료를 하는 의사가 된다.

최명환씨를 만나게 된 것은 친구의 소개였다. 친구는 최근 몇년간 부산 사람들하고만 계속 연애를 했는데 부산의 여자들에게 부산의 남자들에게 구애를 받고 그들의 집에서 살고 그들과 데이트를 하고 부산의 거리를 걷고 또 걸었다. 야 너는 나중에 부산시장에 나가야 되겠다 친구를 놀리고 그러나 마치 부산의 모든 거리를 아는 사람 같은 친구와 부산의 거리를 걷고 또 걷다가 부동산에 들른 이야기를 하자 아는 사람 중에 중구의 오래된 아파트를 몇채 가지고 있는 사람이 있다고 하였다. 대체 부산에서 뭘 하고 다니면 그런 사람을 알게 되는 거지? 놀리고 싶었지만 궁금해서 일단 소개해달라고 부탁했다. 뭔가를 기대한 것은 아니었다. 단지 나는 어딘가에 들어가보고 싶었다. 아파트를 몇채 가지고 있다면 나이가 많을 수도 있겠다고 생각했지만 친구의 친구라는 설명을 듣고 갔을 때 나타난 사람이 육십을 넘은 사람일 것이라고 생각지는 못했고 최명환이라는 이름이 여자일 것이라 생각지도 못했다. 최명환씨라 부르지 못할 이유는 없으나 이후 나는 그를 선생님이라 불렀으므로 편의상 최선생 혹은 선생님 가끔은 최명환이라고 부르겠다. 최선생은 내게 아직 내부수리를 한번도 하지 않은, 그러니까 시공 당시의 모습에 가까운 부산데파트 하나와 여러번의 내부수리를 거치고 최근 다시 한번 수리를 마친 부산데파트 하나와 비슷하게 두세번의 수리를 거친 부원맨션 내부를 보여주었다. 그는 미문화원 근처 무역회사에서 열아홉살부터 경리로 일을 하며 돈을 모았다고 하였다. 물론 그것만으로 돈을 모았을 리는 없을 것이다. 어디서 돈을 빌리고 발 빠르게 건물을 사고 빚을 지고 또 사고팔고 하는 과정이 있었겠지 짐작만 하였다. 친구는 최선생과 같이 책 이야기를 하고 가끔 아파트 청소와 관리를 맡아서 하고 돈을 받았다고 하였다. 친구가 일을 잘한 것인지 아니면 정말로 부산의 사람들에게 도움과 사랑을 받는 운명인지는 알 수 없으나 친구의 소개로 알게 된 나에게도 최선생은 꼭 필요한 도움을 주었다. 나는 실제로 부산으로 거처를 옮길 생각이 없지는 않았고 그 이야기를 하자 게스트하우스에서 묵고 있던 내게 최선생은 몇개월째 안 나가고 있는 부원맨션 매물을 당분간이라는 조건이지만 싼 가격에 빌릴 수 있게 해주었다. 이 집이 왜 안 나간 것일까. 원래 얼마에 내놓은 것일까. 일단은 나는 세입자가 되고 그는 집주인이 되고 원래도 집주인이었지만. 기본적으로는 최선생을 친구의 이모 정도의 느낌으로 편하게 대하다가도 집주인 어른인데 편한 마음을 가져도 되는 것인가 생각하다가 말았다. 생각해보면 친구의 이모도 뭐 그렇게 편한 관계일 수가 없는데 말이다.

어느날인가 친구와 친구의 예전 여자친구와 그 둘이 함께 가던 바의 주인과 최선생의 집에서 술을 마셨다. 새벽에 일을 마친 바의 주인은 잠을 자다 오후에 최선생의 집으로 왔고 가게는 안 여시나요? 그는 달력을 보라고 하였다. 월요일에 쉬는 건가요? 그는 고개를 끄덕였다. 다음날인 월요일은 휴일이었는데 그래서 나는 바가 월요일이라 쉬는 건지 휴일이라 쉬는 건지 알 수 없었지만 더 묻지는 않았다. 친구의 예전 여자친구 미혜씨는 술을 마시다 울고 우리는 잠시 달래주었지만 놀라거나 호들갑 떨지 않았는데 그럴 만한 일도 아니었고 미혜씨도 곧 눈물을 닦고 술을 계속 마시고. 서로 웃다가 순간적으로 우리가 껴안아도 될 것처럼 느껴지는 때. 콧물을 푸는 미혜씨의 등을 감싸고 아직 눈물이 맺힌 눈을 한 미혜씨는 몸을 돌려 나를 껴안았다. 친구는 막 웃고 바 주인은 위스키를 마시고 있었다. 우리는 문어를 간장과 초장에 찍어 먹었다. 이렇게 좋은 건 어디서 난 거예요? 최선생은 아는 사람에게 받았다고 하였다. 바의 주인이 가져온 꽃게는 삶아서 먹고 라면에도 넣어 먹었다. 근처에 사는 미혜씨는 너무 늦지 않게 걸어서 돌아가겠다고 말하고 친구는 머리가 아프다며 산책을 하고 오겠다고 하였다. 당연히 술에 취하지도 흐트러지지도 않은 바의 주인은 마시던 위스키를 설명해주고 나 역시 어른이지만 이 어른들 사이에서 순간 내가 아닌 부산에서 태어나고 자란 모씨 부산에서 대학을 나오고 직장을 다니는 모씨 내일이 휴일이라 아는 동네 어른들과 술을 마시는 모씨 부산이 고향이지만 회와 돼지

국밥을 좋아하지 않는 모씨가 된 기분이 들었다. 나는 회와 돼지국밥이 좋지만. 그렇게 어느 순간 서로의 오래된 역사를 잘 알고 있는 모씨가 되어 둘에게 더욱 깊은 친근감을 느끼며 술을 마시며 담배를 피웠다. 아직 돌아가지 않은 미혜씨의 친구가 오고 미혜씨의 친구는 빠르게 위스키를 두잔 마신 후 미혜씨와 함께 일어나고 나와 바의 주인은 서서히 자리를 정리하였다. 꽃게 껍데기를 봉투에 담고 병들을 치웠다.

술을 마시면 잠이 들어버리는 사람 또다른 어떤 사람은 술을 마시고 잠들면 금세 잠에서 깨어버리는 사람. 바의 주인은 끝까지 점잖게 자리를 정리하고 선물로 꼬냑을 한병 두고 갔다. 꼬냑에 대한 설명과 함께 그는 쓰레기를 손에 들고 나갔다. 나는 최선생의 거실에서 자겠다고 하였다. 이를 닦고 나와 최선생과 나란히 소파에 앉았다. 우리는 보리차를 마시며 텔레비전에서 나오는 영화를 보았다. 영화와 영화 사이 광고는 길고 나는 저 감독의 다른 영화를 본 적이 있다고 말하며 영화 줄거리를 설명하려 하였지만 이미 본 영화의 내용을 정확히 설명하는 것이 생각보다 어렵다는 것을 나는 그때 알게 되었다. 내가 설명을 시작한 영화는 자주 막히고 이야기는 뜸을 들이고 주인공들은 무엇을 할지 몰라 멈췄다가 어색하게 움직였다가 그런 식으로 덜컹거렸다. 이야기를 얼버무리다 영화는 다시 시작하였고 나는 다음 광고쯤 잠이 들었다. 그런데 가끔 내가 그 영화를 지어냈다면, 그 여자는 그래서 어떻게 했냐면…… 내가 보았던 것과 상관없는 이야기를 이어나갔다면 생각한다. 최선생은 언제쯤 나의 거짓말을 알아차리게 될까. 다음 날 사과를 깎아 먹으며 최선생은 내가 자느라 못 본 영화가 어떻게 진행되었는지 설명해주었다. 여자는 추운 곳에서 돌아와 다시 사업을 하는 남자를 만나고 그의 집에서 머문다. 그것은 사랑이라고 할 수 있다. 여자는 남자를 따라 다시 일본으로 가지만 그를 다시 만날 수는 없었다. 그의 설명은 정확하고 매끄러웠다. 그러한 시간은 몇번인가 반복되었고 그때마다 최선생은 영화의 뒷이야기를 해주었고 나는 몇시간 전까지 보던 영화가 왜인지 처음 보는 영화처럼 느껴지기도 하였다. 자기 전 보던 것들은 꿈처럼 허물어지고 녹아가는 것 같다. 그런 아침에는 사과를 먹고 영화 속 사람들의 이야기를 듣고 이미 준비를 마친 최선생은 커피를 마시고 있었고 나는 그제야 나갈 준비를 하였다. 극장은 아니지만 극장을 나설 때처럼 방금 들은 이야기를 가지고 밖으로 나서면 이곳이 어디인지 자꾸만 생각하게 되었다. 소금이 물에 녹는 것처럼 이야기는 곧 흩어졌지만 바람이 불거나 막다른 골목에서나 누군가의 얼굴에서 어제 본 영화는 겹쳐졌다. 이곳은 아직 눈은 오지 않지만 겨울이 되어도 눈은 드물지만 어제 여자는 눈길을 뛰고 눈을 베어 물었다. 당신은 그 여자가 아니지만 여기는 부산이지만 나는 당신과 눈이 마주치고 나는 잠이 들기 전 본 세계와 눈을 뜨고 들은 이야기만을 가지고 길을 걸었다.

부산에서 지내던 몇개월간 평소의 나는 산책을 하고 싼 곳에서 밥을 사먹거나 간단히 만들어 먹고 도서관에 가서 책을 보았다. 그리고 글을 쓰고 최선생이 청소나 간단한 일을 맡기면 성실히 해내고 돈을 받았다. 부산에서 직장을 다니는 생각도 해보았고 직장을 다니며 대학원을 다니는 생각도 했다. 몇년간은 쉬지 않았으니 당분간 쉬겠다는 생각도 하다가 밤이면 근처 고등학교 운동장을 뛰었다. 가끔 바닷가를 뛰어볼까 하는 생각도 하였지만 실제로 하지는 않았다.

최선생은 가톨릭 신자였고 그러고 보니 친구도 가톨릭 신자였는데 어릴 때 교회에 다니던 나는 개신교 신자에게 아무런 친밀감을 가지지 않으나 가톨릭 신자들은 서로 친밀감과 유대감을 가지는 걸까? 그래서 친구와 최선생은 쉽게 친해진 걸까 하는 생각도 들었다. 최선생은 영도에 있는 봉래성당에 다녔다. 그는 이십년 넘게 미문화원 옆 무역회사에서 일하였고 미문화원 옆에는 한국전쟁 직후 건립된 중앙성당도 있었는데 왜 굳이 버스를 타고 영도까지 가서 성당을 다녔는지 물었다. 모르겠네, 왜 그랬는가. 최선생은 한동안 성당에 다니지 않았다고 했다. 삼사십대의 이십년가량은 성당에 다니지 않고 주말에도 일을 하고 등산을 다니고 사람들을 만났다고 하였다. 의례처럼 국제시장 주변을 한번 돌고 최선생이 다니지 않았던 중앙성당 앞에 섰을 때 문득 한번 들어가보고 싶어졌고 선생님께 전화를 걸었다.

—성당에 그냥 들어가도 돼요?

—그럼 들어가도 되지. 근데 조용히. 뭐 조용히 앉아 있으면 됩니다.

스테인드글라스를 통과한 빛들은 바닥에 붉고 노란 그림자를 만들었고 동으로 된 피에타상은 나와 눈을 마주치지 않았고 녹음된 오르간 소리는 끊어지다 이어졌다. 조용히 들어온 두 사람은 손을 모아 기도를 하고 나는 나를 위해서도 기도하고 싶지 않다는 것을 느끼고 그러나 잠시 다른 사람이 된다면 며칠 전 나 대신 술을 마셨던 모씨라면 여기서 기도를 할 것이라는 생각 그는 가족과 이웃의 건강과 평안을 바랄 것이라는 생각 그것은 진실되고 거짓이 없는 마음일 것이라고. 나는 그가 이제는 볼 수 없는 친구처럼 그리웠고 그러니 나도 누군가를 위해 기도를 하게 될지도 모른다는 생각을 했다. 조용히 문을 닫고 나왔을 때 오후의 태양은 선명했고 아래로 내려가는 엘리베이터 안에서 선생에게 감사 인사를 보내고 그런데 세례명이 뭐예요 묻자 그는 마르타라고 하였다. 음식을 차려주는 성녀라고. 나는 내가 먹은 문어와 위스키를 떠올렸고 그

전에 얻어먹은 갈치조림과 칼국수를 떠올렸다. 다음에 선생님을 만날 때 빵을 사갈 것이다. 여전히 눈이 부시다는 생각을 하며 길을 나섰고 큰 건물과 넓은 도로 저 너머에 바다가 있음과 수없이 쌓이고 옮겨지는 컨테이너가 있음을 길을 걸으며 왜인지 실감하며 어디로 향하는지도 모르게 길을 걸었다.

부산근대역사관 건물 계단을 내려갈 때면 작은 창으로 옆에 서 있는 건물의 간판이 보였다. 이층에서 일층으로 내려갈 때 점집이 보였고 그 너머로 인삼 가게 간판이 보였다. 오래된 건물이었지만 잘 관리된 곳이었고 이곳이 이전에는 도서관과 상영관과 또 어떤 시기에는 대사관 업무를 겸한 곳이었구나 잘 그려지지는 않았지만 이곳을 오갔을 미국이라는 곳을 새로운 세계를 꿈꾸었을 학생들을 떠올리고 그들이 어디로 흩어졌을까 생각하고 그러다 그곳에 불을 붙인 이들을 떠올렸다. 그중 한명은 후에 작가가 되고 몇권의 책도 번역하였다. 나는 그가 번역한 『밥 딜런 평전』을 도서관에서 빌려왔다. 밥 딜런에게 아무런 관심도 없었고 옮긴이의 말을 보기 위해 빌린 것이었으나 읽다보니 의외로 흥미로워서 끝까지 읽게 되었다. 밥 딜런은 1962년 초 봄 「바람만이 아는 대답」(Blowin' in the Wind)을 썼고 그는 초연을 하기 전 "지금 부를 이 곡은 저항곡이 아니며 그런 식의 무엇도 아니다 왜냐하면 나는 저항곡을 쓰지 않기 때문이다…… 그저 누군가를 위해서, 누군가에게 전해들은 것을 쓸 뿐이다"라고 소개했다. 이후 딜런은 쿠바 미사일 위기에 대응하여 「폭우가 쏟아지네」(A Hard Rain's a-Gonna Fall)를 쓴다. 이후 해당 곡의 초연을 듣기 위해 카네기홀에 모인 청중 모두 「폭우가 쏟아지네」가 쿠바 미사일 위기에 관한 노래라고 생각했다. 카네기홀의 청중은 딜런의 새 노래에 감동받았고, 몇주 후 실제로 미사일이 발견되자 그들은 경악했다. 이 부분을 읽다가 현재와 미래를 생각하는 사람들 와야 할 것들을 끊임없이 생각하고 지금에서 그것을 지치지 않고 찾아내는 사람들은 이미 미래를 살고 있다고 생각했다. 시간을 끊임없이 바라보고 와야 할 것들에 몰두하고 사람들의 얼굴에서 무언가를 찾아내고자 하는 이들은 와야 할 것이라 믿는 것들을 이미 연습을 통해 살고 있을 것이라고. 어떤 시간들은 뭉쳐지고 합해지고 늘어나고 누워 있고 미래는 꼭 다음에 일어날 것이 아니고 과거는 꼭 지난 시간은 아니에요. 나는 이 책의 번역자는 광주라는 사건을 끊임없이 자신에게 묻고 그후 시간의 의미를 묻고 답하였을 것이라고 생각하기 시작하였다. 동시에 1980년 5월에 그들 자신이 광주에 있었다면이라는 가정을 반복하고 또 반복하였음을 역시 알 수 있었다. 아니 그들이 반복한 것은 그때 그들이 그곳에 있었다면이 아니라 그때 그곳에 누군가 있었다는 사실일 것이다. 그러나 나는 그가 미국이 자신들의 책임을 인정하는 미래를 연습하였을지는 알 수 없었다. 불을 붙인 이후의 시간을 미래라 생각하였을지도 알 수 없었다. 아마도 그들은 그런 미래를 생각하지 않았을 것이다. 그럼에도 왜인지 그가 새로운 세계를 스스로 믿고 살아내어 미래를 현재로 끌어당겨 반복하여왔음은 이해할 수 있었다.

미문화원을 방화한 이들이 그날 부산 시내에 뿌린 성명서의 시작은 다음과 같다.

미국은 더이상 한국을 속국으로 만들지 말고 이 땅에서 물러가라

우리의 역사를 돌이켜보건대, 해방 후 지금까지 한국에 대한 미국의 정책은 경제수탈을 위한 것으로 일관되어왔음을 알 수 있다. 소위 우방이라는 명목하에 국내독점자본과 결탁하여 매판 문화를 형성함으로써, 우리 민족으로 하여금 그들의 지배논리에 순응하도록 강요해왔다. 우리 민중의 염원인 민주화·사회개혁·통일을 실질적으로 거부하는 파쇼 군부정권을 지원하여 민족분단을 고정화시켰다. 이제 우리 민족의 장래는 우리 스스로 결단해야 한다는 신념을 가지고, 이 땅에 판치는 미국세력의 완전한 배제를 위한 반미투쟁을 끊임없이 전개하자. 먼저 미국문화의 상징인 부산 미국문화원을 불태움으로써 반미투쟁의 횃불을 들어 부산시민에게 민족적 자각을 호소한다(…)

사건 직후 불을 붙인 학생 몇몇의 출신 학교인 고신대학교는 다음과 같은 문장이 포함된 성명을 발표하였다.

금번 '미문화원 방화사건'에 우리 학생 몇몇이 관련되었다는 보도는 가슴을 찢는 듯한 통증을 안겨다주었읍니다. 그러나 우리 모두는 이 일에 전혀 관계가 없으며 우리의 떳떳한 입장을 분명히 하여야겠읍니다. 이 시점에 있어서 우리 고신인들은 겸손한 마음과 담대함으로 하나님 앞에 무릎을 꿇어야겠으며 이번 교훈을 통하여 조금의 동요도 없이 학문과 신앙에 더욱 매진하여야겠습니다.

—1982.3.30. 고신대학 총학생회장

우리 민족의 장래는 우리 스스로 결단하기 위해 사람들이 반복한 미래는, 겸손한 마음과 담대함으로 반복하는 천국의 미래와 기도의 시간은. 두 미래는 다른 곳에 존재하며 사람들은 두 세계를 오갈 수 없다. 하지만 천국의 미래를 그리는 자들이기에 민족의 장래를 그렸을지도 모르겠다. 종교를 가진다는 것은 미래를 연습하는 훈련을 거치겠다는 것과 아주 다르지 않을 것이라는 생각을 했다. 그들이 손으로 만지고 반복한 미래는 어떤 것이었을지 다시 생각하다가 그것을 묻고 되묻고 답하고 다시 묻는다면 끌어온 미래도 이미 일어난 과거로 혹은 지금 살아가는 현재로 믿을 수 있는가.

성당에 다녀온 최선생이 도넛을 들고 집에 들렀다. 내가 살고 있으니 나의 집이지만 최선생의 집인 그곳에서 거기에는 소파도 없고 텔레비전도 없었고 테이블과 의자만 두개 있었다. 나는 바닥에서 잠을 자고 바닥에서 책을 읽었다. 바닥에는 요와 얇은 이불이 있었다. 자기 위해 이불을 덮으며 일어나기 위해 이불에서 빠져나올 때마다 부산에 있다는 것이 새삼스럽게 느껴졌다. 뭔가를 마음먹고 해야 할 때는 밥을 먹는 테이블에 앉았다. 거기서 최선생이 맡긴 일을 하고 집중해서 읽고 싶은 것을 읽고 글을 쓰고 노트북을 올려놓고 부산의 일자리와 대학원과 집값을 알아보았다. 최선생이 영도에서 사온 도넛을 테이블에 앉아 인스턴트 커피와 함께 먹었다. 이거 유명한 거야. 1970년대부터 영업을 했다는 이모도나스에서 사온 도넛을 먹으며 비가 내리고 있는데 비는 안 맞으셨어요 묻고 최선생이 묻히고 온 물 냄새 비 냄새를 맡았다. 커트 머리에 안경을 쓰고 있는 최선생, 집주인은 내게 갑자기 집을 나가라고 말하지 않을까 최선생이 아무 말도 안 했는데 갑자기 그런 가정을 하고 최선생은 성당 사람들에게 내가 뭘 하는 사람인지 모르겠다고 말하는 것 아닐까 그래도 덤덤하게 받아들여야지. 뭐 하긴요 놀아요라고 말하고 웃어야지 일어나지 않은 일을 순간순간 가정하고 표정을 읽으려들고 읽을 수 있을 리가 없는데 읽는대도 내가 뭘 할 수 있을까. 일단 항의라든가 거부나 교섭이라든가 그런 건 별로 하고 싶은 마음이 들지 않았다. 그런 어디서부터 시작된 건지 알 수 없는 생각을 하며 커피를 마시다 얼마 전에 미문화원 건물에 들어가보았다고 말했다. 선생은 1982년 미문화원에 불이 나던 그날이 기억난다고 말했는데 아직 쌀쌀한 봄이었고 바람이 많이 부는 날이었고 연기가 주변 건물 열어놓은 창에 들어올 정도로 엄청나서 문을 닫고 일을 하다가 몇몇은 먼저 집으로 돌아가고 일이 남은 최선생은 기침을 하며 일을 하다 밤이 되어 돌아가는데 지하도 계단을 내려가다 구두를 신은 채로 넘어졌고 위로 올라간 치마를 보고 지나가던 세명의 남자는 휘파람을 불었고 그중 한명은 지나가다 다시 돌아와 치마 안으로 손을 넣어 다리 사이를 만졌다. 십초 정도의 아주 짧은 시간이었고 최명환은 아무렇지 않은 것처럼 얼른 치마를 내리고 밝은 곳으로 밝은 곳으로 뛰듯이 걸었다. 이후 최명환은 성당에 다녀오면 도넛을 사서 나의 집으로 아니 그의 또다른 집으로 왔고 우리는 도넛을 먹으며 이야기를 한다. 방화사건 며칠 뒤 최명환은 지하도를 지나기 싫어 길을 돌아가다가 어느 병원 앞에서 사람들이 이야기하는 것을 들었는데 40대 남자 둘은 빨갱이들은 죽어도 괜찮다는 이야기를 하고 있었다. 나는 최명환의 옆 얼굴을 보면서 이야기를 들었다. 도넛은 맛있고 최명환은 커피를 마시며 이야기를 이어나갔다. 오후에 멈춘 비는 갑자기 쏟아지기 시작했고 지금도 나는 누군가 죽어도 좋다는 이야기/어떤 사람들은 나라에서 쓸어버려도 좋다는 이야기/모자라 보이는 사람들은 흐름에 탈락되어 죽어버려도 좋다는 이야기를 자주 듣는다. 커피를 다 마신 그는 불을 붙인 학생 중 한명과 같은 성당에 다녔다는 이야기를 하였다.

— 김은숙씨인가요?

최선생은 고개를 끄덕였다.

어느날은 나도 버스를 타고 영도 봉래성당에 가보았다. 성당 앞에는 그늘이 있는 벤치가 있었고 나는 뭐가 있는지도 모른 채 자리에 단지 앉으려고 하였는데 검은 덩어리는 소리를 내며 움직여 사라졌다. 저거 표범이야 흑표범. 나는 내 옆에 누가 있는 것처럼 혼잣말로 검은 고양이를 가리키며 말했다. 고양이는 문 앞에 누워 있었다. 조용히 계단을 올라 문을 열고 안으로 들어가 뒷자리에 앉았다. 어느 성당이건 스테인드글라스는 아름다운 그림자를 만들었고 노란색 붉은색 그림자는 흐린 테두리를 만들며 흔들렸고 나는 최선생은 누구를 위해 무엇을 위해 기도하나 잠시 생각했고 또다시 조용히 자리를 잡고 기도하는 사람들을 의식하며 조용히 눈을 감았다. 나는 겸손한 마음으로 천국의 시간을 반복해보고 그 시간은 미래임에도 미래처럼 여겨지지 않았고 마치 슬픈 과거 같았다. 부산근대역사관의 계단은 옛날 건물의 계단이었고 작은 창에서 보이는 먼지와 간판과 작은 흔들림을 반복하여 생각하였다. 성당을 나와 이모도나스를 향해 걷고 걷고 골목에는 작고 오래된 술집들이 문 앞에 쳐진 발을 달고 있었다. 도넛을 두개 사서 먹으며 버스 정류장으로 향했고 최선생에게 다른 곳에 가보자고 커피를 마셔요 나가서 밥을 먹어요 말해보아야겠다고 생각했다. 만두가 먹고 싶어졌다. 걷다보니 말하자면 영도는 섬이니 당연히 바다를 의식할 수밖에 없지만 그럼에도 눈앞에서 다가오는 바다를 보자

새삼스레 바다를 다시 의식하게 되었다. 손목서가에 들러 조용히 책을 구경하다가 오랜만에 커피를 한잔 사 마시고 아 커피를 사 마시는 것이 오랜만이라고 생각하다가 서점을 나왔다. 책을 한권 샀는데 로제 마르탱 뒤 가르의 『회색 노트』였다.

영도에서 버스를 타고 영주동 거북탕 앞에서 내렸다. 뜨거운 물 안에 몸을 담근 채 미문화원 건물의 계단과 작은 창과 이십대 후반의 블라우스와 치마를 입은 최명환이 검게 그을은 창 앞에 서 있는 것을 보았다. 그는 거의 미친 여자 취급을 받았는데 결혼을 하지 않았고 혼자 살았고 가족에게 돈을 다 주지 않고 자기 돈을 모았기 때문이었다. 왜 불이 났을까 흔들리는 바람과 불안하게 흔들리는 나뭇잎과 간판을 보는 그는 어두운 거리를 뛰면서 집으로 향하고 책을 빌리러 향했던 미문화원 도서관을 떠올리고 책들은 금방 타버릴 것이라고 생각하고 잿더미가 된 책들 이미 책이 아닌 잿더미를 생각하고 밤이 되면 집에서 일본어를 공부했다. 탄 냄새가 나는 블라우스와 치마를 화장실에 걸어놓고 따뜻한 물로 몸을 씻고 나면 화장실을 채운 더운 김이 더러운 것을 사라지게 할 것이다. 나는 온탕에 몸을 담근 채 최명환의 화장실을 채운 김과 밤의 남포동을 뛰어가는 최명환의 뒷모습을 보았다.

지난달 일한 월급이 뒤늦게 들어온 것을 확인하고 선생에게 밥을 먹자고 연락하였다. 일품향에서 깐풍새우와 오향장육을 시키고 선생은 중국술을 작은 병으로 시켰다. 조금 걸어도 돼요? 배부른 우리는 한참을 걷고 또 걷고 어디선가 음악 소리가 들려 잠시 걸음을 멈추었다. 한복희라는 이름과 Thank you라는 인사가 모금함 앞에 쓰여 있었고 선생보다 조금 어려 보이는 50대 정도로 보이는 여성은 에디트 피아프의 「아뇨, 난 아무것도 후회하지 않아요」(Non, Je Ne Regrette Rien)를 부르고 있었다. 한복희는 후회 없는 후련한 표정으로 노래를 부르고 있었고 선생은 한복희씨를 안다고 하였다. 이전에 보수동에서 같이 커피를 마신 적도 있다고 하였다. 우리는 나란히 서서 한복희의 노래를 듣다가 나도 별로 후회가 없다 나는 기억력이 나쁜 것 같다고 말하는 선생에게 마르타, 마르타는 후회 안 하는 거예요? 묻고 선생은 크게 소리내어 웃었다. 만원을 모금함에 넣고 한복희씨와 눈인사를 하고 우리는 길을 걷다 커피를 마시고 나는 선생과 함께 선생의 집으로 돌아갔다. 나의 집으로 돌아가도 그것은 선생의 집이었지만 말이다. 겨울이 막 시작되려 하는 부산은 아직 춥지는 않았지만 바람이 거셌고 나는 이미 다 자라고 다닐 수 있는 학교들을 다니고 회사를 다니고 돈을 벌고 세금을 내고 할 것들을 다한 내가 어딘가 어느 순간을 눌러놓고 빼먹은 것처럼 아직 덜 자란 사람처럼 느껴졌고 최선생의 옆얼굴은 빛과 어둠의 경계를 뭉개는 선처럼 흐릿했다. 우리가 그날 함께 보다 내가 먼저 잠이 든 영화는 후에도 뒷내용을 알 수 없었는데 드물게 최선생도 영화를 보다 잠이 들었기 때문이었다. 한시쯤 깨어나 이를 닦고 여전히 어두운 무엇이 밝아지거나 변한 것 없는 거실을 둘러보다 소파 위의 선생의 어깨를 흔들고 우리는 텔레비전을 끄고 영화가 어떻게 되었는지 모르겠네 금세 잠이 들어버렸네 잠꼬대처럼 중얼거리다 나는 봉래성당에 갔다는 이야기를 하고 성당은 생각보다 작지만 좋았고 검은 고양이들이 있었다고 말했다. 흑표범 같아.

최명환은 그때 가끔 마주치는 흰색과 검은색이 섞인

얼룩 고양이에게 우유를 주었는데 우유를 고양이에게 주다니 아깝다고 사람들은 말했고. 미문화원이 불타고 며칠 뒤 회사 뒤 골목에서 연기 때문에 흰색 털이 회색이 된 고양이를 보았다. 고양이는 자기 털을 핥고 또 핥고 그런데 아직 원래 색으로 돌아오지 못했다. 고생하는 고양이를 보며 우유를 주고 그런데 말야 요즘 안 건데 고양이한테 사람이 먹는 우유 주면 안 좋다고 하던데? 나는 아 맞아요 고양이 우유가 있어요 대답하고 성당의 흑표범들은 우유 같은 것은 안 먹을 것 같았다. 쥐를 잡아먹을 것 같았는데 그게 아니라 성당의 누군가가 챙겨주는 것이겠지. 명절에는 깡통시장에서 일제 담배를 한보루 사서 가끔 집에서 피웠다. 담배와 같이 산 커피를 마시며 책을 읽고 회색 털의 고양이를 생각하다가 고양이는 여기저기 도망을 잘 가고 잘 피하는데 어디로 여기저기로 피해도 연기가 따라왔을까. 참 무섭고 이상하다고 얼마나 놀랐을까 생각하다가 누가 그런 말을 했다. 자갈치시장의 고양이들은 진짜 통통해. 쥐를 잡지 시장 고양이들은. 쥐를 잡고 생선을 훔쳐먹거나 가끔 얻어먹는 진짜 크고 통통한 고양이들. 최명환은 고양이를 크게 키워 호랑이처럼 키워 타고 다니고 집까지 타고다니면. 귀에서 맴도는 불안하게 뛰어다니는 구두굽 소리를 생각하다가 소리를 거의 내지 않고 다다 다다닷 다니는 고양이를 생각했다.

연말이 되었다. 마지막으로 만난 사람과 길거리에서 소리 지르며 싸우고 안 좋게 헤어진 후 한동안 부산에 오지 않던 친구를 부산으로 불렀고 바의 주인과 미혜씨와 미혜씨의 남동생과 최선생의 집에서 술을 마셨다. 미혜씨는 크리스마스가 가까우니까,라고 말하며 케이크를 사왔고 선생이 사온 소고기를 먹고 케이크를 먹고 모든 먹고 마시는 것에 예민하고 까다로우며 그리하여 잘 갖추어 내오는 바 주인이 내려준 커피를 마셨다. 저는 내년에…… 모두 조금은 들뜬 표정으로 내년을 말하지만 왜인지 시간이 지나자 무엇을 말했는지 각자의 소망은 기억이 나지 않고 어쩌면 다들 속으로 방문을 열고 눕고 울고 씻고 싶다고 생각하고 있을 것 같다고 생각했다. 미혜씨와 남동생은 웃으며 손을 흔들며 자정이 되기 전 돌아가고 한시가 넘어 바의 주인은 새해에 마시라며 기억나지 않는 좋은 술을 선물로 남기고 나는 최선생의 침대에서 잠이 들었다.

다섯시쯤 잠에서 깨어나 물을 마시려 나왔을 때 최선생은 소파에 앉아 있었고 나는 그 옆에 나란히 앉아 서서히 어디선가 새어 들어오는 찬바람에 잠이 깨는 것을 느꼈다. 최명환은 창가를 바라보다가 바쁜 하루 정신없이 일을 하며 잠시 커피를 마시며 창가로 밖을 내려다보았을 때 그런데 왜 같이 성당을 다니는 그 아이가 지나가는 것일까 생각을 하였다고 말했다. 누구에게도 물을 수 없지만 어떤 순간들이 접혀 맴질을 한 것처럼 어떤 사람이랑 어떤 사람이랑 접붙인 것처럼 이음새가 느껴지는 부분이 있고 그래서 덜 자란 것처럼 느껴진다는 것을 왜 최명환의 앞에서 느끼는지 나는 가끔 왜 그것이 명백하게 드러나는지 생각하고.

—회사가 그렇게 가까운 곳에 있었던 거예요?

—그리로 들어가는 것을 본 게 아니라 회사 앞을 지나는 걸 본 거지.

나는 소파에 나란히 앉아 창 앞에 서 있는 블라우스를 입고 긴 치마를 입은 최명환의 뒷모습을 보고 그는 영도의 성당을 다니고 영도의 성당에는 야학을 다니러 한진의 공장에 다니는 사람들이 오갔고 성당에서 보던 대학생은 왜인지 회사 앞을 지나가고 신학교 학생이라고 했었는데 버스에서 만났을 때 그가 무언가를 읽고 있던 것을 생각하고 불이 났을 때 연기가 가득했을 때 모욕을 당하고 그러나 그것이 모욕이 아니라고 나에게는 아무것도 일어나지 않았다고 생각하고 뛰어갔을 때. 나는 최명환에게 그런데 김은숙씨는 어떤 사람이었냐고 물었고. 창 앞에 서서 아래를 내려다보던 최명환은 나의 목소리가 안 들리는 것처럼 눈을 찡그리고 키가 크고 돈을 벌고 혼자 사는 최명환은 잘 웃지 않고 그런데 지금은 내 옆에 나와 나란히 소파에 앉아 나의 질문에 그는 물었다.

—너는 그 사람이 어떤 사람인지 들을 수 있겠어?

나는 고개를 끄덕였고.

—네가 준비가 되면 나는 말할 수 있지.

나의 대답을 들은 최명환은 어떻게 김은숙을 알게 되었는지 이야기하기 시작했다.

최명환의 이야기를 다 듣고 다시 잠을 자려 침대에 누웠다. 가끔 잠이 오지 않을 때 눈을 감고 길을 걷는 생각을 했고 이것을 가상 산책이라고 부르고 있으며 그날도 눈을 감고 산책을 했다. 중앙동을 걷다가 남포동에 진입할 즈음 멀리서 대교와 바다가 보이고 나는 오른편에 있는 부산데파트에 이르고 거주민처럼 터덜터덜 문을 열고 들어간다. 계단은 미문화원처럼 오래된 계단 오래되고 잘 닦인 계단을 올라 복도를 지나고 아래를 내려다보면 아래층과 대각선 아래층이 보이고 가끔 집 앞의 화분과 복도에 널어놓은 이불이 보이고 열쇠로 문을 열어 대부분 번호 키로 바뀌었지만 내가 여는 집은 여전히 열쇠를 사용하여 그 열쇠로 문을 열어 손잡이를 잡고 방문을 열고 언젠가 내가 살았던 집 같은 공간의 구조를 그려본다. 초여름의 오후이고 창에서 들어오는 햇볕 아래 나는 누워 있고 내가 가보고 싶었던 곳에 내가 살고 있고 나는 그 옆에 정답게 눕는다. 그러면 어느샌가 잠이 들었다.

• **참고자료**

마이크 마퀴스 『밥 딜런 평전』, 김백리 옮김, 실천문학사 2008.
김은숙 『불타는 미국』, 아가페 1988.
「부산 미문화원 방화사건에 관한 고신대측의 성명서」, 경향신문 1982. 3.30(archives.kdemo.or.kr/isad/view/00711516).

* 이 소설에 인용된 성명서의 경우 원저작권자를 찾지 못하였으나 확인되는 대로 허가 절차를 밟겠습니다.

영화를
보다가
극장을
사버림

영우가 아직 가보지 못한 곳에는 뉴욕 런던 자카르타 토론토 상하이뿐만 아니라 광주 통영 울산 제주 서귀포 전주 광양 보령도 있었다. 종종 어떤 곳은 가보지 않았지만 가보았다고, 이해하고 있다고 여겨졌다. 영우는 광주에 가게 되었고 후에 전부는 아니지만 다른 장소들도 몇 군데 가게 된다. 상문은 순천 사람인데 대학 때부터 서울에서 살았다. 상문은 순천에 살 때 부산에 자주 갔다. 광주에서 대구나 부산을 바로 가는 기차는 없어서 버스를 타야 했지만 순천과 부산은 그래도 가까운 편이었다. 부산에 갈 때 포항과 대구를 들른 적이 있어서 상문은 바다와 바다가 있는 도시와 그외 가보지 못한 많은 도시를 이해하고 있다고 생각했다. 버스터미널이 있고 역이 있고 시청이 있고 금은방과 식당이 있었다. 빈 골목에 서 있으면 사람들이 지나갔고 그보다 많은 사람들이 차를 타고 지나갔다.

녹음기 버튼을 여러번 확인하고 카메라도 챙겼지만 중요한 것은 손으로 적는 것이 마음 편하다고 생각하고 그러다 모든 도시는 같아. 거기에는 똑같은 것이 있고 똑같지 않지만 다시 만날 수는 없는 것들이 있다, 여러번 걷고 걸어도 그런 방식으로 모든 도시는 같다고 또 생각했다. 시간이 많은 두 사람은 미리 광주에 도착하여 주변을 살피며 하루를 보냈다. 상문은 친구의 빈 작업실을 소개받아 영우와 짐을 풀었다. 밤에 나가니 주변은 오래된 건물뿐이었다. 다음 날 미리 받은 주소의 한복집으로 가 서명운 감독의 따님을 만나러 왔다고 하였다. 한복집 주인은 그 사람은 한복집을 하는 것이 아니라 건물 주인이라고 했다. 한복집 주인이 걸어준 전화로 둘은 딸과 약속을 잡았다. 길을 걷는데 구름이 선명하고 도서관을 향해 심어진 나무들의 잎이 흔들거렸다. 왜 당신들은 미리 연락을 하지 않고 다짜고짜 찾아와 전화를 하는 거요? 광주에 오기 전에 연락이 되는 사람도 있고 안 되는 사람도 있어서 연락이 되는 사람과 약속을 하는 김에 여기에 와보기로 하였던 것이다. 한복이 의외로 예쁘다고 생각했어. 상문은 한복집 안 에어컨이 정말 세게 틀어져 있었고 맥심모카골드 대신 오래된 커피메이커에서 커피를 내리고 있던 것이 인상적이었다. 초등학교 앞을 지나는데 아이들이 만화에서처럼 우르르 뛰어나갔다. 둘은 도서관으로 들어가서 광주 지역 주요인물 자료만 모아둔 곳으로 갔다. 서명운 감독 딸의 이름은 서마리였는데 그분은 내일 만날 예정이고 광주에 가기 전 연락이 닿아 미리 만나기로 약속한 사람은 조구택 선생이었다. 서명운 감독도 서마리씨도 광주 출신은 아니었고 연고도 없었으나 서마리씨는 이혼 후 광주에서 살고 있다고 했다. 둘은 혹시 모르니 조구택 선생 관련 자료를 더 찾아보았다. 그 구역에는 지방대학의 초대 총장인 조기택에 관한 자료가 많았다. 조기택은 여수 누구누구 댁의 차녀 모씨를 아내로 삼아. 빛이 책장 사이에서도 움직이고 사람들은 앉아 있고 영우는 아내로 삼는다는 말을 이상하다고 생각하면서 며칠 뒤 만날 조구택 선생이 아니라 친일파의 자손인 조기택 지역사립대학

설립자이자 초대 총장에 관한 자료를 열심히 읽었다. 그 사람은 광주 시민단체에서 작성한 반민족인물 목록에도 포함되어, 한때 대학에서 동상을 철거하는 것이 논의되었다고 한다. 그러나 그의 동상은 철거되지 않았고 대신 그의 친일 행적을 기록한 안내문이 동상 앞에 세워졌다고 한다.

"서마리씨는 이 근처에 자주 와요. 그런데 연락처를 몰라요?"

"그게, 주변에 물어봐도 잘 모르더라고요."

"커피 한잔 드세요. 물어보고 알려드릴게요."

한복집 안은 시원했고 주인은 한복을 입고 있지 않았다. 몸에 붙는 질은 연두색의 여름 니트와 검정 스커트를 입고 있었다. 상문은 실제로 조구택의 자료를 찾는지 아니면 다른 뭔가를 하는지 도서관 안에서 열심히 자료를 찾고 있었고 영우는 조기택이 대학을 설립한 이야기를 읽었다. 눈으로는 조기택의 개인사를 읽으며 머릿속으로는 조구택의 일화를 떠올렸다. 이름이 비슷한 두 사람은 집

안 환경과 교육받은 정도는 달랐고 아마 성격도 무척 달랐을 듯하지만 광주 전남 지역을 중심으로 활동했고 나이 차는 스무살을 넘지 않았다. 부자였고 정말 둘 다 꽤 부자였다. 당시 조구택 선생은 현금 부자였고 영화 제작과 상영에, 특히 상영에 돈을 많이 댔다고 한다. 조구택 선생을 만나려고 왔지만 둘이 아는 것은 그 정도였다. 그때 조구택이 알고 지내던 영화인 중 한명이 서명운 감독이었는데 그는 두어달 전 세상을 떠났다. 상문은 서명운 감독의 영화를 실제로 극장에서 본 적은 없었다. 상문은 서명운 감독의 친구인 이두현 감독의 영화들은 극장에서 본 적이 있다. 상문이 어릴 때 아버지가 일을 보기 위해 극장에 상문을 앉혀놓고 나간 적이 있었다. 상문이 어릴 때 개봉작을 본 것이니 이두현은 그러고 보면 그럭저럭 오랫동안 영화를 만든 셈이었다. 사람이 너무 많다는 생각, 떨린다는 생각, 나이 든 사람이 무섭고 앞으로 할 일이 의심스럽고 그런 식으로 자신이 하려고 마음먹은 일을 생각하다가 이두현 감독에 관해 쓰려다가 왜 초대 총장이자 대학 설립자인 조기택에 관해까지 읽고 있는가 생각하다가 커피를 마시며 서마리의 전화를 기다리고 연두색과 검정색은 어울리는가 생각하고 어쩌면 한복집도 처음 와본 것일지도 모른다 생각했다.

영우는 이두현의 영화를 뒤늦게 보았지만 이전부터 보아온 것 같다고 줄곧 생각했다. 조기택에 관해 읽다가 어쩌다 이걸 읽고 있는지에 대해 매 순간 생각하다가 두시간쯤 지나서 둘은 도서관을 나왔다. 이두현 감독은 예순이 넘어 일본으로 이민을 갔다고 전해지고 이후는 자세히 알려진 바가 없다. 원래 연고가 있었다고 하는데 그래도 그 나이에 이민이 쉬운 일인가 궁금해졌고 이두현은 이후 일본에서도 회고전을 했다고는 하는데 그 사람이 실제 어떻게 지내는지는 자세히 알려진 바가 없었다. 그가 비밀스러워서라기보다 그에게 관심을 적극적으로 표하는 사람이 없는 것일 수도 있다. 상문은 서명운 감독의 특집 원고를 쓸 것이라고 했고 영우는 이두현 감독을 주제로 한 논문을 쓸 것이라고 했는데 그들 모두가 한때 만나서 모여 놀고 어울린 것 같기도 하고 그런 생각을 하다보면 왜 한복집에까지 갔나 왜 조기택의 일생을 읽고 있나 정말 집에 가고 싶다는 생각이 끼어들었다. 영우는 재작년부터 후쿠오카 미술관의 필름 아키비스트와 메일을 주고받게 되었는데 그 사람은 한번도 한국에 와본 적이 없다고 했다. 그는 서울도 부산도 가본 적이 없고 도쿄도 스무살이 넘어서 가보았다고 했다. 오키나와도 삿포로도 가본 적이 없고 아오모리도 하코다테도 가본 적이 없고 니가타도 못 가봤습니다. 그런데 오하이오에서 한 학기 교환학생으로 지낸 적이 있다고 하였다. 왜 이두현 감독의 영화를 늦게 보았으면서도 줄곧 그의 영화를 보았다고 생각했을까 더듬어 생각해보니 그에 관한 몇편의 글을 읽은 적이 있었다. 그중 한편은 그 아키비스트가 쓴 것이었다. 그는 이렇게 말했다. 아니 썼다.

「강의 사람들」은 오래된 집에서 제사를 지내는 장면으로 시작한다. 제사 풍경은 영화가 끝날 때쯤 한번 더 등장한다. 중요한 장면인 듯하지만 무엇을 뜻하는지 알 수는 없었다. 이두현은 단지 과거에 죽은 이들이 있고 현재 그것을 기억하는 이들이 있다는 단순하고 분명한 사실을 알리기 위해 그러한 장면을 넣었을지 모른다. 그는 나중에 한 인터뷰에서 영화를 찍으러 가니 이웃에서 제사를 지내고 있기에 보이는 것을 찍었다고 말한다. 이와 비슷하게 영화에서는 큰 어른이 닭을 잡는 장면이 등장하는데 그는 화면 밖에서 닭을 잡는다. 산책하는 사람이 지나가는 것처럼 닭이 보이고 소리가 들리고 큰 어른의 손이 무언가를 잠시 움켜쥐는 것 같은 동작이 있고 그리고 다른 일들이 벌어진다. 「강의 사람들」뿐만 아니라 이두현의 영화에서는 무척 인상적으로 찍힐 것이 분명하고 중요해 보일 법한 장면들이 프레임 밖에서 벌어지는 경우를 자주 본다. 가끔 프레임 밖에 또다른 카메라가 있다면, 그 카메라에 찍힌 발버둥치는 닭과 흰 한복을 입고 앉아 묵묵히 닭을 잡는 나이 든 남자의 얼굴을 찍은 장면들이 포함된 영화를 보고 싶다는 생각을 한다. 하지만 그런 영화는 없다. 이러한 생각을 전개시켜나간다면 이두현은 찍어 마땅한 것을 찍지 않은 사람이 될 것이다. 그러한 선택에 그의 의지가 보이기도 하고 이두현은 뭔가를 하는 것이 지겨워 보이기도 한다. 무언가를 중요해 보이게 만들고 사람들을 집중시키는 일을 이 영화감독은 지겨워하는 것이다.

영우는 이 글 때문인지 「강의 사람들」을 줄곧 봤다고

생각했다. 흰 한복을 입은 사람들이 제사를 지내는 흑백 화면이 기억에 있었고 쭈그리고 앉아 닭을 잡는 중년 남자를 봤다고 생각했다. 실제로 영화를 보고 나서야 그것이 글을 읽고 나서 만들어낸 이미지임을 알았다. 아키비스트는 영우가 조구택과 서명운 감독의 딸인 서마리를 만난다고 하자 본인도 가겠다고 하였다. 마침 그때 광주의 극장에서 진행되는 프로그램에 발표자로 섭외가 되었다고 하였다. 서울도 부산도 가본 적이 없지만 광주에 갑니다. 도서관을 나온 둘은 근처에서 커피를 마셨다. 한복집에서는 잠깐이었지만 커피메이커로 내린 커피를 잔에 담아 과자와 함께 주었다. 여기서도 커피와 쿠키를 같이 주었는데 상문은 내일 서마리를 만나러 갈 때 과자 같은 것을 사가야 할까 생각했다. 해는 서서히 지고 물기가 없는 바람이 불고 있었다. 까페에서 나와 근처 대학으로 향했다. 정문에서 한참을 걸어야 조기택의 동상이 있는 도서관이 나왔다. 방학이 시작된 대학 근처에는 사람들이 드물었고 저녁 시간이라서인지 주변을 오가는 사람들도 산책하는 동네 사람으로 보였다. 도서관은 아직 열려 있었고 건물 안에서 이야기하고 책을 읽는 학생들의 모습이 보였다. 도서관에서 본 자료와는 달리 조기택의 동상은 철거되어 있었고 그보다 작고 낮은 흉상이 있었다. 그는 지방 유지의 아들로 태어났다. 조구택은 그보다 십오년 뒤 태어났고 장사로 돈을 벌었다. 도서관 옆 본관 건물을 들어가자 긴 복도가 보였다. 상문은 광주에서 인터뷰를 마치면 순천으로 가서 며칠 쉬다 올 것이라고 했다.

"여기 갇히면 어떡하지?"

"소리를 쳐야지."

"나는 여기가 추리소설에 어울리는 것 같은데. 사람들이 각자의 이유로 들어오기 시작하는 그런 곳."

"네가 사라지면 여기에서 시작해야겠네. 나는 인제 너를 한참 찾다가 결국 여기에 도착한 착한 친구 역할이겠네."

근처에 문을 연 식당이 없어서 숙소 근처에서 국밥을 먹었다. 서마리가 가진 또다른 건물 일층에서 만나기로 하였는데 생각해보니 그곳은 까페이니 뭘 안 사가도 되는 것 같기도 하고 아니면 그것과 상관없이 뭘 사가는 것이 맞는가 생각했다. 좁은 화장실에서 간단히 씻은 둘은 서 마리에게 물을 것들을 체크하고 각각 소파와 간이침대에서 잤다.

다음 날 영우는 일찍 일어나 근처를 걸었다. 광주천을 가로질러 선교사 사택까지 걸었다. 새벽이었지만 광주천 아래 뛰는 사람들이 몇 있었다. 후쿠오카공항에서 광주공항까지 직항이 있나 생각하다가 이 사람은 이미 서울을 가보았다고 느낄 수도 있다고 생각했다. 뭔가를 보거나 읽고. 이만희의 영화라든가 88서울올림픽 다큐멘터리라든가. 내가 본 것이 지금 보는 것과 아주 다른 것일까. 어떤 상이 조정되고 맞춰져 하나의 모습이 될 일은 아니다. 서울은 보는 것이 좋은가 서울에 있는 것이 좋은가. 광주에 대해서는 그런 생각이 들지 않았는데, 사람들은 여기서 뭔가를 맞닥뜨리게 될 것이라고 생각하기 때문이다. 1980년 5월의 기억을 길을 걷는 중간에 맞닥뜨리게 될 것이라고 생각하는 것이다. 영우는 흔적이라는 말과 증거, 자취라는 말을 생각해보았지만 모두 적절하지 않다고 생각했다. 그러고 보면 후쿠오카가 배경인 영화는 본 적이 없는 것 같다는 생각이 들었다. 영우는 재작년에 간 도쿄에서 묵은 호텔 근처를 생각했다. 근처에는 출판사 건물이 몇개 있었는데 그런 건물에서 나오는 아키비스트를 생각하다가 아니지 그는 미술관에서 일하므로 오래된 벽돌 건물이나 아니면 반대로 나선형으로 설계된 회색 건물을 떠올렸다. 아키비스트는 아카이브 사례 연구를 발표하러 온다고 하였다. 그가 근무하는 곳에는 서명운과 이두현의 작품은 없다. 조구택이 실제로 크게 도움을 준 감독 중 한 명은 이만희 감독의 「휴일」에 조연으로 등장하기도 했던 김성순 감독이라고 한다. 그는 십대였던 60년대 후반부터 영화 관련 일을 하지만 80년대 중반에야 연출을 맡게 된다. 김성순과 이두현의 개인적 친분은 알 수 없지만 김성순은 이두현처럼 지금 무엇을 하는지 알 수 없다는 점이 같았다. 90년대 들어 사업이 기운 뒤로 조구택은 크게 줄어든 재산을 유지하는 수준으로 지냈기 때문인지 이후 영화계와의 연은 서서히 사라진다. 김성순의 작품은 실험적이고 난해하다고 하는데 몇몇 해외 영화제에 초청된 적이 있다고 한다. 아키비스트가 일하는 미술관에는 김성순의 필름이 소장되어 있다. 김성순이 사채를 쓰고 도망다니다 미국으로 가 조카가 하는 일을 돕는다는 소문을 알려준 것도 아키비스트였다. 혼자 국밥을 먹어도 될까? 선교사 사택 앞 벤치에 앉아 지나가다 본 식당에서 아침을 먹어도 될까 잠시 생각했다. 영우는 국밥을 어제저녁에 이어 또 먹고 천천히 걸어서 숙소로 되돌아갔다.

아무도 서명운의 특집 기사를 쓰라고 한 사람은 없었는데 상문은 길고 긴 글을 썼다. 기사는 아니고 리뷰도 아니고 아무튼 길고 긴 글이었다. 서명운 감독의 본명은 서명훈으로 베트남전쟁에서 돌아온 군인을 주인공으로 한 영화로 데뷔하였다. 군인과 국가를 칭송하기도 그렇다고 마음대로 만들 수도 없어서였는지 군인의 여동생과 부인이 힘을 합하여 방앗간을 운영하는 이야기가 되어버렸는데 마지막에 군인은 두 여자를 도와 열심히 일을 한다. 여러모로 애매하다는 평이 많았으나 상문은 이 영화를 연구하는 사람이 늘어날 것 같다고 줄곧 생각했다. 서명운 감독은 이두현 감독처럼 작품이 높게 평가받는 쪽도 아니었고 한두편 흥행 성공작은 있으나 많은 사람들이 기억할 만큼 유명한 사람도 아니었다. 관련 자료를 찾아보면 인품이 뛰어나다는 언급이 많았다. 또한 권위의식이 없었던 것 같은데 그보다 열살 이상 어렸던 이두현 감독과 친구처럼 지냈다고 한다. 그러고 보면 상문이 그에게 관심을 갖게 된 것도 그의 성격이 좋았다는 이야기에서 시작된 것일지도 모른다. 상문은 서명운의 장례식장에서 밥을 먹으며 나이 든 영화인들이 그가 참 신사였다는 말을 하는 것을 듣다가 왠지 그에 관한 글을 써야겠다고 생각했다. 그는 정말로 신사였는가. 그는 친절하고 다정하였는가. 서명운과 관련된 기사는 의외로 많았는데 그가 몇몇 단체에서 협회장을 맡아서 그럴지도 모른다. 서명운의 장례를 돕는 이들은 가족들 같아 보였고 그 역시 상문은 좋게 보였다. 무언가를 오래 한 사람들의 장례에는 그가 속한 어딘가의 직원들이 일을 하는 경우가 많았다. 상문이 대학원을 다닐 때 명예교수의 죽음이 예고된 후 장례와 기념 문집을 준비해야 했는데 평소에 별다른 감정이 없던 교수가 제발 오래 사시면 좋겠다 매일매일 학교 운동장을 걸으며 선생님이 오래 사시면 좋겠다 선생님이 오래 사시면 좋겠다 선생님이 오래 사시면 좋겠다 생각했다. 그러다 일년 후 그를 기리는 행사를 준비해야 했을 때는 아 선생님이 돌아가시지 않았다면 선생님이 살아 계셨다면 얼마나 좋을까 선생님이 살아 계시면 좋겠다 선생님이 살아 계시면 좋겠다 선생님이 돌아가시지 않았다면 운동장을 돌고 또 돌며 생각했다. 하지만 모두가 가족이 있는 것은 아니다. 사람들의 죽음이 어떤 식으로 정리되는 것이 맞는지 모르겠다고 생각했다. 그것이 정리가 아닐지도 모른다는 생각도 했다.

눈을 떴을 때 영우가 없어서 상문은 모자를 눌러쓰고 나가 근처 까페로 갔다. 핫케이크를 세장 먹고 커피를 마셔도 잠이 깨지 않았다. 서마리와 만나기로 한 시간은 오후였고 광주에 온 것이 일주일은 된 일처럼 느껴졌다.

아키비스트는 극장에 미리 양해를 구해 비행기 티켓을 행사 사흘 전으로 끊었다. 서울에서 하루 묵으며 현대미술관에서 진행 중인 전시를 보았다. 동대문 토요코인에서 묵으며 충무로까지 걸어다녔다. 저녁에 백숙을 먹고 다음 날 점심에는 함흥냉면을 먹었다. 함흥냉면을 먹고 나와 맞은편 건어물시장에서 찹쌀도넛을 사 먹었다. 방에 돌아와 침대에 누워 눈을 감았을 때 땀냄새가 났다. 다음 날 기차를 타고 광주에 갔다. 서울에 가보고 광주에 가보고 습하지 않은 초여름의 날씨였다. 그는 극장에서 미리 예약해둔 호텔로 가 짐을 맡기고 가톨릭센터 자리에 생긴 5·18자료관에 갔다. 내일모레 행사에서 이곳에 들른 이야기를 하며 발표를 시작할 수 있을 것이다. 자료관 안에 유난히 작은 창이 있어 설명을 보니 1980년 당시 그때는 가톨릭센터인 이곳에서 주교가 당시의 상황을 보았다고 적혀 있었다. 상황인지 참상인지 엄청난 분노와 압박감과 슬픔이며 무어라 말할 수 없는 것이면서 본 것인지 관찰인지 살핀 것인지 숨을 죽이며 혹은 떨리는 가슴으로 공포에 질려서인가. 그는 설명을 본 순간 그 상황을 아주 잘 아는 것처럼 느꼈다. 그러다 완전히 착각이라는 생각도 들었다. 본인이 무언가를 착각하면서 그 착각 속에 한동안 있다는 것을 느끼며 그는 작은 창 아래로 광주 시내를 내려다보았다. 아키비스트는 아카이브된 자료를 앉아서 천천히 보고 한국어를 몰라서 모르는 자료들을 살피며 그런데 이 자료들을 이전에 어딘가에서 본 것 같다고 생각하면서 모르지만 이해할 수 있을 것 같은 사진과 글씨들을 보았다. 이것은 무슨 이야기인지 알고 있다. 기억에 없지만 기억에 있을 것 같은 자료를 앉아서 보았다. 자료관에서 나와 오후에는 간단히 빵과 커피를 먹었다. 저녁에는 떡갈비를 먹었다.

서마리는 아버지 관련 자료는 서울에 많이 있고 지금 집에는 가지고 있는 것이 별로 없다고 말했다. 넓은 까페 안에는 애매한 시간이어서인지 사람들이 몇 없었다.

"저는 아버지가 화내는 것을 본 적이 없어요."

"다른 분들도 그런 이야기를 많이 하시더라고요."

"아버지는 어머니와도 사이가 좋고 이웃들에게도 친절하셨어요. 아이들을 좋아하고 개 고양이도 정말 좋아하셨어요. 정말 신사셨어요."

"서명운 감독님 영화 중에 특별히 좋아하는 것이 있으신가요?"

"아버지는 집에서 영화 이야기를 안 하셨어요. 저에게 보라는 말도 안 하셨고 저는 그래서 나이 들어서까지 감독이 그렇게 어려운 일인 줄 몰랐어요. 몇시간 일하고 오면 되는 것 아닌가 생각했어요. 다른 아버지들 출장 가는 것처럼 출장 비슷한 것을 갔다 오시나보다 생각했을 정도니까요."

상문은 점점 서명운 감독의 성격에 관해 개인적 일화에 관해 묻게 되었다. 감독과 같이 일한 사람을 인터뷰하는 것도 아니었으니 영화에 관해 물어본다고 해도 알기 힘들었고 점점 찾아볼수록 서명운 감독의 뛰어난 점은 그의 품성 인품 성격인 것 같다고 생각했다. 서마리는 조구택 아저씨가 어릴 때 전가복을 자주 사주셨다는 이야기를 하면서 만나러 갈 때 함께 가겠다는 이야기를 하였다.

"그런데 저는 사실 영화를 잘 모르고 영화도 안 보거든요. 마음에 걸리고 불편한 것을 싫어해서요. 집에서도 뭘 잘 안 틀어놔요. 음악도 잘 안 듣고 가끔 내셔널지오그래픽 같은 걸 보기는 하는데 아버지 자료도 협회에 다 맡기고 만년필이랑 모자 정도만 놔뒀어요."

서마리는 서명운이 연출을 그만둔 후로는 극장에도 잘

가지 않았다고 말했다. 아무렴 인품이 좋은 옛날 어른은 정말 드물지. 영화를 보거나 안 보거나 무슨 상관인가 영우도 이야기를 듣다보니 점점 그런 생각이 들었다. 영우는 일본에서 필름 아키비스트로 일하시는 분이 함께 가도 되느냐고 다시 여쭤보고 서마리는 상관없다고 하였다. 아버지가 죽기 전에 몰두하셨던 일은…… 재산관리랑 어머니랑 운동 다니는 거였는데 아무튼 영화를 그래도 오래 만드시긴 했는데 모르겠네요. 영우와 상문은 거듭 감사를 표하고 녹음기와 카메라를 챙겨 숙소로 돌아왔다. 한시간만 잠을 자고 일어나 지나가다 본 오래된 중국집에서 짜장면과 탕수육을 사 먹었다. 탕수육을 먹으며 그래도 서명운의 영화에는 중요한 지점이 있다고 생각했던 것 같은데 그것으로 수료 상태인 대학원으로 돌아가 논문을 마치고자 하였는데. 한복집 주인도 서마리도 모두 갑자기 찾아온 둘의 사정을 배려해주고 친절한 사람들이었는데 이곳의 누구도 서명운 감독의 영화에는 전혀 관심이 없어 보였다. 한복집 주인은 당연하지만 딸인데 아버지의 영화에 관심이 없을 수가 있나 생각하다가 그런데 아버지가 하는 일에 꼭 관심이 있어야 하나 사이가 좋아도 하는 일에는 관심이 없을 수 있지 하는 생각이 들기도 했다. 아니면 말하지 않는 것일 수도 있고 자주 자신을 찾아오는 과거의 장면들을 굳이 중요한 일인 것처럼 설명할 필요를 못 느끼는 것일 수도 있다.

탕수육 정말 맛있네. 진짜 맛있다. 둘은 커피를 사서 숙소로 돌아왔다.

아키비스트는 둘의 숙소로 와 인사를 하였다. 셋은 근처 식당에서 제육볶음과 전을 포장해와서 막걸리를 마셨다. 셋은 영어와 일본어를 섞어서 말했다. 조구택 선생과의 미팅에는 극장에서 섭외해준 통역사와 함께 간다고 하였다.

영우는 여섯시에 눈을 떠 광주천을 따라 걷다가 어제 들른 선교사 사택을 향해 걸었다. 부자들이 어떻게 부자로 남는가 잠깐 생각했다. 그래도 조구택은 여전히 부자이기는 했다. 어마어마하지는 않지만 건물을 몇채 가지고 있으면 부자임이 틀림없다고 생각했다. 이른 아침 골목에 사람들은 몇 없고 집 앞에 나와 있는 할머니가 학생은 뭐를 찾소 물었다. 뭐를 찾는가? 영우는 고개를 숙이고 산책을 한다고 말했다. 나중에 아키비스트가 일하는 미술관에 가서 만나면 어떨까. 아무래도 일하는 곳으로 가는 것은 조금 불편한 일일까. 의외로 막상 만나면 별로 할 말이 없을지도 모른다고 생각했다. 무슨 필름을 아카이브하는 것일까 그 미술관은 돈이 그래도 있는 곳일까. 또 국밥을 먹으면서 조구택이 무서운 어른일 것 같다는 생각이 들었다. 까다로운 사람일 것 같다. 하지만 영화에 돈을 많이 쓴 사람이다. 한때는 극장을 가지고 있었다고 하니 지금은 주차장이 되었지만 그 사람의 공로를 잊어서는 안 될 것이라는 생각을 했다. 서마리에게는 어릴 때 전가복을 자주 사주었다고 하니 너그러운 사람일 수도 있다. 너그러운 사람이라고 해도 그 정도로 나이 든 어른을 대하는 것은 긴장이 되었다. 영우는 아직 자고 있는 상문을 깨우고 둘은 간단히 씻고 나와 근처 까페에서 커피를 마셨다. 날씨는 비가 올 듯 구름이 무거워 보였고 그런데 비는 오지 않았다. 영우는 이전에 극장이었던 주차장을 보았다. 그렇다면 이 주차장이 조구택의 것인가? 아닌가? 상문은 들어가서 쉬다가 다시 나오겠다고 하였고 영우는 무거운 구름 아래를 걸었다. 오르막길을 따라 사직도서관을 향해 걸었다. 벽돌 건물로 된 도서관에는 조용히 공부하는 사람들이 있었고 지하로 내려가니 보관실이 있었다. 여기에서 오래된 책을 꺼내서 주는 것일까 영우는 어제 대학 도서관 복도에서 여기에 갇히는 사람이 생기면? 그렇다면? 도서관 보관실에 갇히는 사람들은 오래된 종이 냄새에 숨쉬기 힘들 것이다. 머리 위에는 창이 있고 무거운 구름과 흐린 하늘이 보였다. 책보다 오래된 사람 책보다 나이 든 사람 조기택은 죽었고 조구택은 곧 만나고 이대로 다른 사람이 될 수 있지 여기서 갇혀버리면 다른 사람이 될 수 있지 그대로 나가버리면 다른 사람이 될 수 있지. 영우는 자판기 커피를 마시며 쉬다가 도서관을 나왔다. 도서관 옆에는 테니스 코트가 보였고 짝이 없는 짧은 머리 여자가 선생님과 파트너가 되어 연습을 하고 있었다. 그사이 비가 잠깐 떨어지다 말았고 사람들은 비네 손으로 머리를 가리거나 걸음을 빨리했지만 테니스를 치는 사람들은 조금도 망설이지 않았다. 계속 테니스를 쳤다.

조구택은 이제 요양원에 들어갈 계획이라 곧 큰 집을 팔 것이라고 했다. 지금 지내는 곳은 첫날 들른 도서관 근처 주택이었다. 상문과 영우는 롤케이크와 요구르트를 사 갔다. 서마리는 가끔 조구택과 연락을 하는지 둘은 편하게 인사를 하였다. 아키비스트와 통역사는 상문과 영우보다 능숙하게 조구택과 서마리에게 인사를 하고 일본에서 가져온 술을 선물하였다. 서마리는 어제 집으로 돌아가 생각해보니 문득 서명운이 죽기 전 녹음기에 대고 그날그날 생각나는 것들을 남겼던 것이 기억나서 하나 가지고 왔다고 하였다. 서명운의 자서전이라고 해야 할지 인생사를 담은 책은 작업 중이라며 정리하는 데 시간이 걸린다고 한다. 서마리가 가져온 테이프재생기는 서명운 감독이 쓰던 것을 그대로 들고 온 것 같았다. 아키비스트는 그것이 소니에서 만든 80년대 제품인데 무척 좋은 것이라고 하였다.

"나는 개가 좋고 이제 와서 생각하니 영화 같은 것은 잊었습니다. 왜 영화 같은 허무한 일에 매달렸는가 가끔 그런 생각을 합니다. 그러지 않았다면 가족들과 시간을 더 보냈을 것이고 그 돈으로 사업을 하고 집을 사고 어려운 사람을 도왔을 것입니다. 나의 인생은 굽이굽이 한국의 역사와 함께하였고 그것을 참 말로 다 못합니다.”

개가 좋다고 할 때 개가 옆에 있는 소리가 났다. 서마리는 서명운은 늘 개를 키웠고 고양이 밥을 주었는데 죽기 전에 옆에 있던 개는 잠보라는 시추라고 했다. 처음 조구택과 서마리에게 연락한 상문과 영우는 점점 테이블에서 밀려나 조용히 조구택의 조카며느리인지 손자며느리인지가 가져온 커피만 마시고 있었다. 영우는 이두현 감독에 관해 논문을 쓸 예정이라고 자신을 다시 소개하며 이전까지 이 이야기를 입 밖에 내본 적이 없었는데 고작 논문을 쓰려는 의지 가지고 여기서 발언권을 얻고자 하는가 생각하다가 아니 그런데 내가 정말 논문을 쓰려고 하기는 하는 것인가.

“이두현이의 영화는 우스갯소리야. 나는 서명운이를 인정하고. 사람으로 인정하고. 왜 나도 그렇게 돈을 참 영화에 많이 썼어.”

조구택 선생은 요구르트를 흘리며 간신히 이야기를 이어나갔다. 그러고는 기침을 하다 다시 쉬었다. 우스갯소리 우스갯소리? 통역사는 우스갯소리를 일본어로 자세히 설명하려 애썼다. 아키비스트는 사전에서 검색해달라고 하여 우스갯소리에 관한 설명을 들으며 검색 결과를 집중하여 읽었다. 영우는 듣는 사람은 아무도 없는데 이두현 감독의 「강의 사람들」의 중요한 점에 대해서 웃으며 이야기를 했고 서마리씨는 가끔 웃으며 아 그래요? 말했다. 상문은 점점 서명운과 조구택이 실은 대단하다는 생각을 하게 되었는데 이 사람들은 자기가 한 일을 일단 후회를 하잖아? 이 정도로 뭔가를 했는데 자기가 한 일이 후회스럽다고 말한 어른은 처음 본다. 조구택 선생은 임권택 감독 이야기를 잠깐 하다가 그때 자기가 한 것은 뭘 몰라서 한 일이었고 재밌어서 했을 뿐이라고 했다. 바보 같은 짓이었지. 아키비스트와 통역자는 서마리씨에게 양해를 구하고 조용한 곳으로 가 테이프를 다시 듣고 영우는 어른들을 뭔가를 했던 사람들을 이제 더 만나기 싫다고 생각하다가 조구택의 얼굴을 바라보았다. 조구택은 흘리며 닦으며 어렵게 요구르트 한병을 다 먹었다. 그래도 상문은 서명운이 더 좋아졌다. 조구택은 무심한 표정으로 사람들을 보다가 아무 이야기나 조금씩 하다가 피곤하니 나가보라고 하였다. 아키비스트는 서마리에게 여러 부탁을 하고 꼭 다시 오겠다고 말하며 연락처를 받았다. 서마리는 조구택에게 각별한 얼굴로 인사를 하고 나와 모두에게 식사를 대접하였다. 미리 예약을 해두었다고 하였다. 우리는 서마리가 사준 전가복과 누룽지탕과 깐풍기를 먹었다. 그리고 크리스 마커의 영화 「환송대」(La Jetée)에서 이름을 딴 건지 같은 이름의 La Jetée라는 바로 가 위스키를 마셨다. 간판에는 고양이가 그려져 있었다. 아키비스트는 극장에서 돈을 많이 받았다며 술을 샀다. 그 사람은 뿌듯해 보였다. 영우와 상문은 중요한 사람들에게 밀려난 기분이 들었고 즐겁게 이야기를 나눴지만 역시나 집에 가고 싶어졌다. 서명운이 영화를 중요하게 생각하지 않았다는 것은 거짓말일 것이라는 생각이 들었다. 그렇게 믿고 싶은 것이 아니라 나이 든 사람들의 말을 곧이곧대로 믿을 수 없다는 생각이 들었다. 그것이 사실이라도 크게 충격적인 것은 아니었으나 조구택이 이두현의 영화를 여러번이나 무시한 것은 뭐라고 해야 할까. 영우는 그것을 확실히 아니라고 말하지 못한 것이 내내 괴로웠다. 조구택의 말은 입 안에서 우물거리고 있어 제대로 알아듣기 힘들었고 그의 눈은 또렷했지만 힘이 없고 야윈 사람이었다. 어쩌면 조구택의 말들은 애정의 다른 표현일지도 몰라. 그래도 영우는 이두현이 그의 어깨 위에 앉아 있는 것 같았다. 길가의 술 마시며 지나가는 사람들 그림자처럼 어둠 속에 이두현이 걷고 또 걷고 돌아와 그들을 스쳐가고 술집 안 어두운 테이블에 이두현은 앉아 있고 나의 영화는 우스갯소리 우스갯소리 슬프게 주정을 하는 이두현.

조구택은 영우가 인터뷰를 한 이후 요양원으로 거처를 옮겼고 이년 뒤 죽었다. 영우는 '영화 투자자 조구택의 역할과 영향'이라는 주제로 논문을 썼고 우수논문상도 받았다. 내내 왜 그 자리에서 이두현의 영화를 변호하지 못하였는가 그것이 그에게 너무나 중요한 문제처럼 생각되었다. 그래서인지 영우는 이두현의 영화를 주제로 논문을 쓰지 못한 것이 아닐까 그런 생각이 들었다. 아키비스트는 이듬해 열린 부산국제영화제 포럼에서 서명운 감독의 녹음테이프와 관련된 발표를 하였다. 그가 가보지 못한 곳은 파리와 런던 로테르담 토론토 등이 있으나 서울과 부산 광주를 여러번 가보았다. 가보지 못한 곳을 간 곳처럼 너무나 깊이 이해하는 경우, 어떤 면에서 파리에 사는 사람들보다 아키비스트는 파리를 깊이 이해하고 있을 것이다. 하지만 아키비스트는 그곳들에 별로 가고 싶다는 생각이 들지는 않았다. 영화로 보는 것만을 이해하고 싶은 것인가 그렇기도 아니기도 했다. 근무한 지 십년이 되어 긴 휴가를 받았을 때 그는 리스본에 가서 그곳의 시네마테크에서 이주간 영화를 보다가 포르투로 가 열흘 동안 와인만 마시다가 왔다. 영우는 논문을 마친 뒤 후쿠오카로 여행을 가 미술관에서 아키비스트를 만나고 그가 꽤 높은 직책에 있는 사람임을 알고 놀라지만 모두 일을 하는 사람 당신은 일을 오래 한 사람 그런 생각을 하다가 두 사람은 테이블에 나란히 앉고 어느새 일본어를 배운 혹은 통역을 대동한 영우가 아키비스트에게 준비한 질문을 던지는 모습. 나는 한동안 이두현의 영화들을 보았다고 생각하였으나 단지 나는 당신의 글을 읽었을 뿐이더군요.

보관실에 갇힌 사람은 죽지 않고 잘 살아가고 짝이 없는 사람은 벽에 대고 테니스를 치다 어느새 테니스장에서 가장 잘 치는 사람이 됩니다. 이 모든 것은 쉬지 않습니다. 한복집에서 커피를 마시던 주인은 맞아 그래라고 생각하였다. 내가 이곳에 있는 것은 영원하지 않지만 때때로 놀랄 정도로 반복되는 일이야. 그리고 그 사람은 여전히 한복을 입고 있지 않고 걸려오는 전화를 받았다.

| 해설 |

지나가기 혹은 영원히 남아 있기

강보원

다른 사람의 집

눈을 뜨면 낯선 천장이 보인다. 푹 자고 개운하게 일어난 것 같은데 어젯밤의 일이 잘 기억나지 않고 즐거운 일 기쁜 일 슬픈 일이 잔뜩 있었던 것 같다는 느낌만 뒤엉킨 채로 남아서 그것이 어제 있었던 일인지 먼 미래에 있을 일을 먼저 겪은 꿈이었는지 잘 구분되지 않는다. 왜 이런 곳에서 깨어난 건지 잘 생각이 나지 않아 기억을 되짚어 보는데, 쏟아져 들어오는 낯선 풍경 때문에 멍한 상태에서 좀처럼 벗어나기가 힘들다. 이런 상태는 비교적 짧은 순간 동안만 지속되는 것이지만, 그 짧은 순간은 우리가 통상적으로 시간성이라는 것을 수립하는 연속성의 계열에 배치되지 않는 것이기 때문에 그 자체로 완결되어 있으며, 따라서 시작도 끝도 없다는 의미에서 영원에 속한다. 그리고 이 영원은 시간의 바깥에 있는 것이 아니라 오히려 시간의 토대가 되며 그것을 개시하는데, 우리는 차차 익숙해지는 사물들을 바라보며 이제부터 이곳에서 모든 것이 다시 시작될 것임을 이해한다. 모든 이해와 시간성이 시작되는 이 낯선 공간, 정확히 어디인지는 아직 알 수 없지만 분명히 익숙한 나의 집이 아닌 다른 누군가의 집에서 눈을 떴다는 이 감각은 우리가 박솔뫼의 소설을 읽으며 느끼게 되는 것임과 동시에, 박솔뫼의 소설들이 출발하는 바로 그 지점이기도 하다.

『우리의 사람들』*의 인물들은 아주 실질적인 의미에서 다른 사람의 집에서 시간을 보낸다. 많은 경우 그곳은 출

* 이 소설집에 수록된 작품 중 「이미 죽은 열두명의 여자들과」 「펄럭이는 종이 스기마쓰 성서」 「영화를 보다가 극장을 사버림」 세편은 각각 「열두명의 여자들과」 「스기마쓰 성서」 「극장을 사버림」으로 약칭한다.

장이나 여행으로 가게 된 부산의 호텔이지만, 보다 직접적으로는 「우리의 사람들」에서 화자가 새해를 맞는 사쿠라 다이조의 집, 「매일 산책 연습」에서 최명환이 빌려준 최명환의 집이 그런 장소들이라 할 수 있다. 여기에 「영화를 보다가」에서 영우와 상문이 들렀던 조구택의 집과 「농구하는 사람」에서 「광장」의 이명준이 지내는 아버지 친구의 집 등을 추가할 수 있을 텐데, 박솔뫼에 따르면 이 "소설에서 가장 인상적인 점은 주인공이 아버지 친구의 집에서 산다는 점이었다. 얹혀살거나 구박받는 느낌도 크게 없이 주인공은 어쩐지 오만한 느낌으로 아버지의 친구 집에서 산다."(68면) 그런데 이 다른 사람의 집에서 모든 것이 다시 시작될 것이라는 말을 박솔뫼가 받아들이는 방식은 정말이지 문자 그대로의 의미라서 우리 역시 그것을 쉽게 받아들일 수만은 없다.

사실 다른 사람의 집에 머문다는 것은 아무리 스스로를 다독여보더라도 끝내 완전히 사라지지 않는 불안과 함께 있는 일이기도 하다. 「우리의 사람들」의 화자는 초대를 받았음에도 사쿠라이 다이조의 집을 찾아가기로 했을 때 "그와 밥을 먹고 그의 집에서 묵는 것에는 더 많이 긴장을 했고 조금 두려워"(15면)하며 「매일 산책 연습」에서 최명환이 빌려준 집에서 지내던 화자는 "집주인은 내게 갑자기 집을 나가라고 말하지 않을까 최선생이 아무 말도 안 했는데 갑자기 그런 가정을 하"(180면)게 된다. 한편으로 박솔뫼의 요지는 우리가 어디에 있든 그곳이 바로 다른 사람의 집이라는 것이기도 하다. 이는 우리가 언어와 맺는 관계와 관련이 있다. 하이데거의 테제에 따르면 "언어는 존재의 집"*인데, 박솔뫼에게 이때의 조사 '의'는 엄밀한 의미에서 소유권을 내포하지 않는다. 존재는 언어라는 낯선 집에서 소유권 없이 살아가야 하며 자신의 집이 아닌 곳을 집으로 삼아 지속할 수밖에 없다. 그러므로 불안은 항상적인 것이다. "말이라는 것이 어떤 말이라는 것이 마음만 먹으면 나를 불안하게 할 수 있"(50면)다(「건널목의 말」).

우리는 물론 이를 존재론적 불안이라고 부를 수도 있을 것이다. 하지만 이때의 존재론적이라는 말은 결코 탈역사적이거나 선험적인 무엇으로 생각되어서는 안 된다.

* 마르틴 하이데거 『숲길』 신상희 옮김, 나남출판 2008, 454면.

박솔뫼의 인물들이 머무는 다른 사람의 집이라는 기표는 이미 '다른 사람'이 소유했거나 마찬가지로 잠시 머물렀던 공간이라는 역사성을 함축하며, 그곳에 머문다는 것은 우리가 그 역사성 속에 원하든 원치 않든 기입된다는 것을 의미한다. 마찬가지로 그 누구도 언어를 최초로 사용하는 사람이 될 수는 없다. 우리는 언제나 다른 사람들이 자신의 이야기를 하고 또 다른 사람의 이야기를 들었던 바로 그 언어로만 이야기할 수 있으며, 이러한 이야기들의 중첩과 보존 없이는 그 어떤 언어도 없을 것이다. 「열두명의 여자들과」의 화자가 "정도의 차이는 있었지만 내게는 보통 늘 가볍거나 보통이거나 수많은 공포감이 있었다"(108면)고 말할 때 이 불안은 '이미 죽은' 수많은 여자들의 이야기와 무관할 수 없다. 이 역사적이고 구조적인 불안은 단순히 존재론적 불안의 은유인 것이 아니라, 존재론적 불안 그 자체이다.

그런데 이는 우리가 이 불안을 부정적인 것으로만 파악할 수 없는 이유이기도 하다. 그것이 역사적이고 구조적이라는 사실은 우리가 혼자가 아니라는 것을 말해주며, 그것이 항상적이라는 것은 내가 혼자 있을 때조차 언제나 다른 누군가와 함께 있음을 또한 의미하기 때문이다. 박솔뫼가 걷고 먹고 잠드는 일과 또 그것들을 써나가는 일로부터 발견하는 모든 기쁨과 슬픔이 이 사실에 달려 있다.

다시 쓰기로서의 쓰기

그런데 이 함께 있음이란 정확히 무엇을 의미할 수 있을까? 우리가 혼자 있을 때조차 혼자 있는 것이 아니라고 말할 때 우리는 마치 "가보지 못한 곳을 간 곳처럼 너무나 깊이 이해하는"(222면) 일에 대해 이야기하는 것 같다(「극장을 사버림」). 그러한 이해는 결국 "누군가에게 전해들은 것"(176면)을 통해서만 가능하며(「매일 산책 연습」), 요컨대 하나의 픽션인 것처럼 보인다. 하지만 박솔뫼가 정작 불신하는 것은 픽션이 아니라 오히려 우리가 무언가를 직접 경험하고 볼 수 있다는 믿음과 그러한 믿음으로부터 형성되는 모종의 현실성인데, 전작인 『겨울의 눈빛』의 표제작에서 이 불신은 이미 인상적으로 표현된 바 있다. "나는 지금 일어나는 그 사건, 바로 그 일을 자신의 눈으로 본 사람이 되어야 한다고 생각하는 마음에 피로와 기만을 느꼈다."* 「극장을 사버림」에서도 이러한 생각을 확인할 수 있다. 작중 아키비스트는 이두현 감독의 영화에 대해 쓴 글에서 "무척 인상적으로 찍힐 것이 분명하고 중요해 보일 법한 장면들이 프레임 밖에서 벌어지는 경우를 자주 본다"는 점을 지적하며 "그러한 선택에 그의 의지가 보이기도 하고 (…) 무언가를 중요해 보이게 만들고 사람들을 집중시키는 일을 이 영화감독인 지겨워하는 것이"(202면) 라고 추측한다.

우리는 이 '피로와 기만'을 우선 "중요해 보일 법한 장면"을 화면에 담는 것과 같은 직접성의 거부라고 읽을 수 있겠지만 사정은 좀더 복잡하다. 잘 알려진 것처럼 현실이 이러저러한 방식의 재현 이전에 따로 존재한다고 보는 경우 픽션은 그것에 대한 무한한 근사적 접근, 그러나 결국 열등한 접근이 될 수밖에 없다. 거기에는 항상 말해지지 않은 무언가가 더 있으며, 유일하게 만족스러운 눈은 지금 보이는 것 이상을 보고자 하는 눈이자 동시에 스스

* 박솔뫼 「겨울의 눈빛」, 『겨울의 눈빛』, 문학과지성사 2017, 103면.

로 무언가를 보지 못했다고 느끼는 눈이다. 그러므로 자꾸만 더 자극적인 스펙터클을 찾아 움직이는 이 눈이 포착하는 것은 언제나 '볼 수 있음'의 더 많은 결핍뿐이다. 즉 "바로 그 일을 자신의 눈으로 본 사람이 되어야 한다고 생각하는 마음"은 궁극적으로는 전혀 보지 않으려는 마음인 것이다.

그렇다면 박솔뫼가 무언가 "중요해 보일 법한 장면들"을 "프레임 밖"으로 밀어내기를 선호하는 이유를 어떤 직접성의 거부로부터 찾을 수는 없다. 이는 우리가 이와 같은 선택을 현실이나 특정한 사건에 대한 '거리 두기'로 이해할 수 없다는 뜻이기도 하다. 현실이 그 자체로는 어떤 고정된 의미도 갖지 않으며 그에 대한 모든 말들은 그 의미의 부재를 둘러싼 픽션이라는 보다 세련된 관점 또한 부적절한 것은 이 때문이다. 다가갈 수 없음을 전제로 픽션이 가능해지는 경우, 우리는 이 픽션의 가능성을 보존하기 위해 그 사건 자체에 접근하지 않으려 할 것이다. 그것이 이미 지나가버렸다는 이유로 원래 접근 불가능한 것처럼 보일 때 이 향유는 외관상의 합법성 속에서 더 많이 취해질 수 있다. 이때 픽션은 '픽션의 한계를 지킨다'는 윤리적 강령 속에서 은밀하게 사건 자체를 실체화하며 동시에 결코 닿을 수 없는 어둠 속으로 밀어넣는다. 그렇기에 이 관점은 "중요해 보일 법한 장면"을 화면에 담아야 한다는 요구와 상반되는 듯한 외관에도 불구하고, 그 요구가 궁극적으로 표현했던 '전혀 보지 않으려는 마음'을 정확히 공유한다. 박솔뫼가 결정적으로 거부하는 것은 이런 접근 불가능한 것에서 취하는 우울증적 향유이다. 오히려 그에게 중요한 건 살아 있거나 죽은 이들이 다른 살아 있거나 죽은 이들과 교환하는 "직접적인 눈빛"(120면)이며(「열두명의 여자들과」), 이는 박솔뫼가 다루는 픽션적이라는 것, 먼 곳과 갈 수 없는 곳과 같은 장소를 통상적인 방식과 전혀 다르게 이해해야 한다는 것을 말한다.

예컨대 「극장을 사버림」은 "영우가 아직 가보지 못한 곳에는 뉴욕 런던 자카르타 토론토 상하이뿐만 아니라 광주 통영 울산 제주 서귀포 전주 광양 보령도 있었다"는 문장으로부터 시작한다. 그런데 그 뒤로 한 문장을 건너 "영우는 광주에 가게 되었고 후에 전부는 아니지만 다른 장소들도 몇군데 가게 된다"(195면)는 문장이 이어진다. 이 도입부로부터 우리는 "가보지 못한" 어떤 특정한 장소라는 위상이 그러한 장소들의 계열 속에서 해체되는 것을 본다. 아직 가지 않은 곳은 또한 언제든 갈 수 있는 여러 장소 중 하나일 뿐이다. '갈 수 있음'이라는 공통의 가능성으로부터 직접 가본 곳과 가보지 못한 곳의 위계가 함께 무너진다. 그리고 픽션은 바로 이 무너짐과 뒤섞임으로부터 시작한다.

보다 '픽션적인' 경우에는 어떨까? 「스기마쓰 성서」는 그 장면을 빠져나온 다음에야 그곳이 화자의 꿈속 장면이었다는 것을 뒤늦게 알게 되는 한 전시장의 풍경으로부터 시작한다. 이 꿈속의 전시장은 물론 실제로는 갈 수 없는 픽션적 공간이다. 그런데 만약 이 픽션적 공간이 현실에서의 부재로부터 성립하는 것이라면, 꿈속에서 자신이 "왜 계속 보고 싶은 감정을 불러일으키는 것일까 스스로 묻는 물음 안에서 한참을 가만히 서"(126면) 지켜보던 전시장의 아름다움을 보존하기 위해 화자는 그곳에 가지 말아야 할 것이다. 그러나 박솔뫼의 화자는 꿈속의 전시가 있었던 곳으로 가보는 것에 주저하지 않는다. 그의 말대로 이것은 별일도 아닌 것이다. "꿈속 전시 장소를 산책하는 게 대단한 기대나 결심을 필요로 하는 것도 아니었다.

그럼 중앙동 골목들을 산책해봐야지 생각하였다."(129면)

물론 직접 가본 중앙동 골목에 화자가 꿈에서 봤던 전시가 열리고 있지는 않다. 오히려 "스기마쓰 성서에 관한 것은 실제로 부산을 걷자마자 정말로 꿈속 이야기처럼 되어버"린다. 하지만 화자는 그에 실망하는 대신 덤덤하게 주변의 까페에 들어가 "차라리 어디에도 가지 않고 스기마쓰 성서에 대한 이야기를 스스로 만들어버리는 길이 있을지 모른다"(144면)고 말하며 그에 대한 이야기를 쓰기 시작한다. 여기서 중요한 건 "꿈속 이야기처럼 되어버"린 스기마쓰 성서에 대한 이야기가 그럼에도 계속 이어진다는 것이다. 그 이야기는 현실의 접근 속에서 사라져버리는 것이 아니라 그 접근과 무관하게, 혹은 바로 그 접근에 의해서 더 쓰일 수 있다. 예컨대 화자가 "중앙동 골목들을 산책해봐야지 생각"하고 그곳을 가보지 않았더라면 까페에 가지도 않았을 것이며, 그곳에서 주인이 돌아오지 않는 동안 "다시 스기마쓰 성서와 관련된 전시를 한다면 그 공간의 구조가 어때야 할지를 그려보는 일을 반복하지 않았을 것"(146면)이다.

그리고 이 이야기는 「스기마쓰 성서」라는 작품 속에서

화자가 무언가를 보고 듣고 생각하고 먹는 이야기들 사이에 나란히 배치된다. 즉 여기서 부재하는 것은 내가 결코 갈 수 없는 특정한 장소라기보다, 그러한 장소를 내가 실제로 있는 장소와 구분 짓는 질서이다. 픽션이란 다른 것이 아니라 바로 이 병렬과 중첩의 가능성, 즉 '현실적인 것'의 지위 상실이다. 픽션은 단순히 현실을 교란하는 것이 아니라 엄밀히 말해 교란 그 자체이며, 자신이 교란하는 것이라고 여겨질 만한 대상=현실을 사후적으로 생산한다. 그러므로 현실이 픽션을 낳는 것이 아니라 그 반대이다. 언제나 '다시 쓰기'일 수밖에 없는 글쓰기가 또다른 픽션을, 이번에는 우리에게 현실이라고 받아들여지는 픽션을 생산한다. 이 사후성, 이 반복이 우리의 현실 전체이다. 독일 속담 중에 '단 한번 일어난 것은 아무것도 아니다'라는 말이 있는데 우리는 이 아무것도 아니라는 말을 문자 그대로의 의미로 받아들여야 한다. 모든 최초의 것, 모든 기원은 반복이 일어난 후에야 사후적으로만 정초될 수 있다. 가장 일반적인 층위에서 반복은 새로움에 존재론적으로 선행한다. 그러므로 박솔뫼에게 픽션이란 이미 쓰인 것을 다시 쓰는 것, 하나의 이미 무수히 반복된 이야기를 되풀이하는 것, 그래서 그 이야기들 사이에 자신의 이야기를 기입하는 것이다.

후지노로 향하는 길에서 읽던 부분과 실제 후지노에서는 책을 읽지 못해서 도착하기 직전까지 읽던 장면이 가끔 차를 마시다 생각이 났고 후지노를 떠나며 다시 다니엘의 집으로 향했다. 후지노에서 열차를 타고 여름의 햇살과는 다른 식으로 선명한 겨울 한낮의 햇살이 비치는 창을 보며 다니엘의 어머니를 떠올렸다. 다니엘의 어머니인 테레즈 혹은 퐁타넹 부인은 가톨릭인 티보 가와 다르게 혹은 다른 대부분의 이웃과 다르게 개신교도였고 그에 관한 분명한 신념을 가지고 있었다.(「우리의 사람들」 18~19면)

사쿠라이 다이조를 만나기 위해 후지노로 향하는 길과 후지노로 향하는 길에서 읽었던 『티보 가의 사람들』과 실제 후지노에서 차를 마시던 일과 그때 차를 마시며 떠올렸던 『티보 가의 사람들』 속 장면들은 서로의 경계를 모르고 뒤섞인다. 『티보 가의 사람들』에서 앙투안느가 처음 만난 다니엘의 어머니에게 호감을 느꼈을 때 들이치던 여름의 햇살은 그것과는 "다른 식으로 선명한 겨울 한낮의 햇살"과 겹쳐진다. 「건널목의 말」에서 부산 이야기는 가을과 여름으로 두번 반복되는데, 박솔뫼는 두번째 반복되는 늦여름의 부산 이야기가 다시 쓰인 것이라는 사실을 그다지 숨기려고 하지 않는다. 그럼에도 우리는 여기서 픽션이 반복된 것이라는 사실뿐 아니라 처음에 현실이라고 여겼던 것 자체가 이미 반복될 수 있는 것이었다는 사실, 그것이 정확하게 픽션과 마찬가지로 어떤 '반복될 수 있음' 안에 속해 있다는 사실을 알게 된다. 여기에는 '접근 불가능한 것'으로서 실체화되는 현실의 지위가 존재하지 않으며, 그러므로 다시 돌아와야 할 어떤 현실도 없다. 이 소설은 반복된 것으로서 늦여름의 부산에서 '현실'로 돌아옴으로써 그것을 액자에 가두지 않고 늦여름의 부산에 머무른다.

그리고 이 반복될 수 있음은 무한한 복수성의 평면을 열어놓는다. 모든 이야기들이 언젠가 이야기되었고 또다시 이야기될 것이라면 그것들을 선형적인 시간 속에 배치하는 일은 아무것도 의미하지 않을 것이다. 그러므로 이 평면에서 "시간들은 뭉쳐지고 합해지고 늘어나고 누워 있고 미래는 꼭 다음에 일어날 것이 아니고 과거는 꼭 지난 시간은 아"(176~77면)니다(「매일 산책 연습」). 나 자신이, 나의 이야기가 반복될 것이라는 의미에서가 아니라, 나 자신이 이미 무수히 반복되어왔고 앞으로도 반복될 이야기의 한 판본일 뿐이므로 지나간 시간들과 다가올 시간들은 구분되지 않고 이 평면 위에 겹쳐진다. 이로부터 나는 "내가 부산 중구에서 산다든가 그때는 결혼을 일찍 하고 당연하다는 듯이 애도 두명 있다든가 하는 (…) 그런 세계가 있으리라는 것을 깊고 가볍게 믿"(11면)을 수 있게 되며(「우리의 사람들」), "여러번 걷고 걸어도 그런 방식으로 모든 도시는 같"(196면)음을 안다(「극장을 사버림」). 「매일 산책 연습」의 화자가 "영주동 거북탕 앞에서 내"려 "뜨거운 물 안에 몸을 담근 채 미문화원 건물의 계단과 작은 창과 이십대 후반의 블라우스와 치마를 입은 최명환이 검게 그을은 창 앞에 서 있는 것을 보았"(184면)던 것은 환상이나 회상 혹은 상상이라고 할 수 없는데, 왜냐하면 화자가 몸을 담근 온탕에서 피어오르는 김은 이미 최명환의 "탄 냄새가 나는 블라우스와 치마를 화장실에 걸어놓고 따뜻한 물로 몸을 씻고 나면 화장실을 채운 더운 김"(184~85면)과

구분될 수 없으며, 이 구분될 수 없음 속에서 그것은 지나간 시간의 현존이자 반복이고, 화자 자신은 또다른 최명환에 지나지 않는 자신의 모습을 본 것이기 때문이다.

영원을 돌보기

물론 이 복수성의 평면이 우리에게 전능성을 보장해주는 것은 아니다. 박솔뫼의 소설에서 자주 확인하듯이 이 평면에는 분명히 고립된 지점들이 있다. 그리고 이 고립된 지점들은 물론 우리가 이 글의 도입부에서 맞닥뜨렸던 그 공간, 우리가 그곳에서 모든 것이 다시 시작된다고 말했던 바 있는 '다른 사람의 집'이다. 여기에는 어떤 모순이 있는 것처럼 보이는데, 그곳은 특정한 공간이면서 동시에 우리의 현실 일반이어야 하는 것처럼 보이기 때문이다. 하지만 이 모순은 해소해야 할 것이 아니라 오히려 우리가 현실이라고 부르는 곳의 가장 중요한 특성이다. 왜냐하면 그것은 현실이 현실적인 것과 맺는 관계의 표현에 불과하기 때문이다. 즉 다른 사람의 집은 현실의 모든 가능성을 품고 있으며 그 가능성이 실현되는 유일한 장소라는 의미에서 현실 '그 자체'이며 바로 그런 의미에서 순수하게 픽션적인 지위를 갖는데, 그 자체를 따로 정립할 그러한 공간이 없음으로 인해 그것은 반드시 현실 속에서 발견되어야만 한다. 이는 전체를 부분 속에 기입하는 글쓰기의 운동과 상응하며, 이로부터 현실의 특정한 장소가 때로 현실 전체와 겹쳐지는 현상이 발생한다. 이 겹쳐짐은 본질적으로 우연적이며, 특정한 장소에 얽매여 있지 않으므로 그 어떤 장소에서라도 산발적으로 발생할 수 있다. 그러므로 이 고립된 지점들은 동시에 우리가 갈 수 있거나 가보았고 또는 지금 있는 바로 이곳과 전혀 다르지 않은 어떤 곳이어야 한다. 그리고 그것은 이 고립이 결코 완전할 수 없으며, 오히려 어떤 근본적인 열림으로부터만 기인할 수 있다는 점을 말해준다.

박솔뫼의 첫 소설집 『그럼 무얼 부르지』에 수록된 한 단편에서 '검은 옷 남자'라는 인물은 소설의 화자와 '여주'를 노래방에 감금한 뒤 자신의 기준에 충족될 때까지 노래를 부르라고 시킨다. 그런데 이 노래방에는, 그리고 이 감금에는 이상한 점이 있다. 화자를 납치하고 있던 검은 옷 남자는 갑자기 "생각을 하겠다"며 그동안 화자에게 카운터를 보라고 말한다. 그러자 화자는 카운터를 보며 "사실 나에게도 생각이라는 것이 있"다고 생각하며 노래와 검은 옷 남자에 대해 이런저런 생각을 하고 혼잣말을 한다. 그동안 역시 갇혀 있던 여주가 잠에서 깨어 카운터에 있는 화자를 발견하고 문이 열려 있지 않느냐고 묻자 화자는 그렇다고 대답한다. "지금 자물쇠 없는 거 맞지?" "어" "그럼 열려 있는 거지?" "어. 그지." "너는 존나 할말이 없는 새끼야." 그리고 여주는 "문 앞까지 뱀처럼 기어갔다가 재빨리 문을 열고 뛰어나"간다.*

우리를 그 안에 고립시키지만 이내 고립이라는 개념 자체를 의문시하게 만드는 이 기묘한 열림은 이 공간이 갖는 이중적 지위를 현시한다. 이 공간은 우리의 현실 전체의 기원이며 우리의 현실은 그러한 공간의 열림, 무한한 확장으로서만 존재한다. 이 나누어짐은 우리가 a=a라는 동어반복을 나타내는 최소한의 등식에서 보게 되는 a라는 문자의 나누어짐으로, 여기에는 엄격한 동질성이 존

* 박솔뫼 「안 해」, 『그럼 무얼 부르지』, 자음과모음 2014, 57~60면.

재한다. 이 동질성으로부터 우리는 무슨 일이 있어도, 어떤 상황에도 그들이 거기 있음을 알 수 있다. 이는 박솔뫼의 소설에서 나타나는 고립된 공간에 늘 무언가를 반복하는 사람이 있는 이유이기도 하다. 「농구하는 사람」에서는 "어두운 건물 혼자 불을 밝힌 방에서 청소를 하고 또 하는 사람"(92면)이 있고, 「극장을 사버림」에서는 "보관실에 갇힌 사람은 죽지 않고 잘 살아가"(223면)며, 「우리의 사람들」에서 "머릿속의 사람들은 영영 그곳에서 돌아오지 않고 걷고 또 걷고 있"(34면)다. 그러므로 누군가 1980년 5월의 광주를 떠올릴 때 "그들이 반복한 것은 그때 그들이 그곳에 있었다면이 아니라 그때 그곳에 누군가 있었다는 사실일 것"(177면)이다(「매일 산책 연습」). 우리가 그들이 그곳에 있었음을 알 수 있는 이유는 그곳에 있던 누군가가 곧 우리 자신이기 때문이다. 여기서 우리는 "바로 그 일을 자신의 눈으로 본 사람이 되어야 한다고 생각하는 마음"이 궁극적으로 포기해버렸던 직접성을 발견한다. "자신의 눈으로" 그것을 봐야만 한다는 생각은 이미 자신의 눈이었던 누군가의 눈에 대한 저버림 이후에만 가능한 것이다.

그리고 이 동질성은 그것의 정의상 양방향으로 작동한

다. 그곳에 누군가가 있음을 알 수 있는 것과 마찬가지로, 우리는 우리가 있는 이곳에서 그 공간의 모든 것을 발견할 수 있다. 예컨대 영우는 광주를 걸으며 "1980년 5월의 기억을 길을 걷는 중간에 맞닥뜨리게 될 것이라고 생각하는 것이다. 영우는 흔적이라는 말과 증거, 자취라는 말을 생각해보았지만 모두 적절하지 않다고 생각"(205면)한다(「극장을 사버림」). 우리가 광주에서 맞닥뜨리게 되는 것들을 흔적, 증거, 자취 등의 말로 표현할 수 없는 것은 그것들이 실제로 그 이상이기 때문이다. 그것들은 엄밀한 의미에서의 등가물이다. "그러다 알게 된 것인데 우리가 길에서 보는 것들은 실은 어떤 식으로든 정신을 띄운 자들이 변한 것이라는 사실"(116면)이다(「열두명의 여자들과」). 정신을 띄운 자들, 우리에게 속하지 않는 방식으로 속해 있는 이들, 죽은 자를 보는 이들, 그리고 이미 죽은 이들, 어느새 어딘가에서 돌아오지 않아 만날 수 없게 되는 이들, 이 모두는 그들의 장면들을 무한히 반복하며, 우리가 가진 전부는 그 장면이 "변한 것"으로서의 현실이고 그 현실을 이루는 사물들이다. 그러므로 그들은 우리가 매일 맞닥뜨리는 "길가의 모든 것, 이제는 드문 우체통과 공중

전화 구립 시립 도서관의 도서반납함과 벤치, 쓰레기통 가로등과 가로수 헬스장 전단지 식당 전단지 여호와의 증인 전단지 같은 것들"(116면)이다.

이로부터 우리는 열림이 항상 상호적인 것임을 다시 확인한다. 그리고 이 상호성은 단지 추상적인 것이 아니라 우리의 신체를 통해 감각할 수 있는 것, "우리가 잡고 던질 수 있는 것"*의 층위에서 작동한다. 이 구체성에 우리가 존재론적이라고 말했던 불안과 가능성 일체가 걸려 있다. 「열두명의 여자들과」는 실질적으로는 "정신을 띄운 자들" 중 한명이었던 조한이가 "내 팔을 끌고 눈앞의 출구로 나갔"(103면)을 때의 끌어당김으로부터 시작한다. 마치 우리가 현실이라는 낯선 공간으로 끌려 들어오며 모든 것을 시작하듯이, 그것은 마찬가지로 현실이 가진 모든 위협과 불안을 함축한 몸짓이지만 동시에 화자가 만약 이 끌어당김을 거절했다면, 그가 자신의 이상한 "호기심과 반가움"(101면)을 따라가지 않았다면 그는 "이미 죽은 여자들"(104면)에 대해, 그 자신에 대해 들을 수 없었을 것

* 박솔뫼 「9월 도쿄에서」, 『겨울의 눈빛』, 문학과지성사 2017, 236면.

이다. 여기에는 일들이 좋게 마무리될 것이라는 어떤 보장도 없다. 그러나 박솔뫼의 인물들은 결코 주눅 드는 일이 없는데 어차피 이 보장 없음 이외에 우리에게 주어진 것은 전혀 없으며, 그리고 나도 언제나 무언가를 할 수 있음을 알기 때문이다. 화자가 말하듯, "나도 너의 팔을 끌 수 있다. 너는 내가 안 무섭겠지만"(112면). 이때 화자는 조한이의 팔과 함께 우리가 그 안에서 일방적으로 규정되기만 한다고 여겨졌던 어떤 필연성 자체를 끌어당긴다. 물론 조한이는 무서워하지 않겠지만 그건 나쁜 일은 아닐 텐데, 끌어당긴다는 행동이 꼭 겁을 주려고 하는 것은 아니기 때문이다.

이 끌어당김의 가능성이 말해주는 것은 우리가 놓인 공간, 그리고 우리의 것이 아닌 다른 이의 공간에 놓여 있다는 사실이 일차적으로 우리가 누구인지를 규정하지만 그러한 규정은 결코 일방향적이지 않다는 것이다. 다른 사람의 집에 대해서라면, 나는 나의 집이 아닌 다른 곳에 이미 들어와 있다. 내가 달리 돌아갈 곳이 없으며 이곳이 내가 머물 수 있는 유일한 공간이라는 고립을 토대 짓는 것은 이 근본적인 열림이다. 물론 나는 이곳에 대한 적법한 권리를 가지고 있지 않다. 하지만 바로 그렇기 때문에 이 공간은 나에 의해 이미 침입된 공간이자, 또다른 누군가의 침입에 열려 있는 공간이라는 사실이 드러난다. 즉 그것은 낯선 공간에 던져진 우리의 취약성이라고 여겨졌던 것이 이 공간 자체의 취약성이기도 했음을, 실제로 이 공간이란 그 두 취약성이 겹쳐짐으로써만 나타나고 지속될 수 있는 공간이었음을 말해준다. 그 취약성은 이 공간이 초월적이기는커녕 어떤 의미에서는 오히려 연약하며 돌보지 않으면 사라져버릴 수 있음을 의미한다. 즉 우리는 이 공간을 잃어버릴 수 있으며, 그 잃음은 결국 세계의 잃음과 다르지 않을 것이다. 그래서 이러한 공간에 대한 인식은 그것으로 모든 것이 다 잘될 것이라는 낙관에 이르게 하는 것이 아니라 이곳을 돌봐야겠다는, 우리의 현실 그 자체를 돌봐야만 한다는 요청에 대한 인식으로 이어진다.

「스기마쓰 성서」에서 주인이 돌아오지 않는 까페에 머물러 있던 화자가 나중에 "내가 왜 안 나간 걸까. 좀 이상한 느낌이야"라고 물었을 때 마리아는 "그냥 문이 열려 있으면 걱정이 돼서 안 나간 거 아"(151면)니냐고 대답한다. 열려 있다는 것, 그래서 누구나 드나들 수 있다는 사실은 그러한 공간을 돌봐줄 다른 누군가를 필연적으로 요청한다. 그리고 이 공간은 그 요청에 대한 응답으로만 지속될 수 있다. “여전히 아무도 없는 이 까페 문을 열고 나가는 것이 왜인지 나의 한 단락을 정리하고 나가는 것 같은 느낌을 받고 어렵게 여겨졌”(145면)던 것은 여기서의 고립이 어떻게 그보다 앞선 열림으로부터만 기인하는지를 설명해준다. 열려 있음으로 인해 스스로 그 안에 시간을 가두며 그 안에서 “갇혀 있듯 갇혀 있지 않은 시간”(150면)이 맴도는 이 까페는 선형적인 시간의 배치를 관장하는 ‘주인’이 부재한다는 의미에서 영원에 내맡겨져 있으며 화자가 꿈에서 보았던 스기마쓰 성서의 전시장과 다르지 않다. 그가 꿈속 전시장을 찾아 “어디에도 가지 않”아도 된다고 느끼는 이유는 이곳이 이미 그 꿈이 겹쳐진 공간임을 알고 있기 때문이다. 글쓰기는 언제나 이 공간으로부터 출발하는 것이자 동시에 이러한 공간이 있어야 한다는 요청에 대한 응답이다. 그것은 또한 이 모든 열림으로부터 기인하는 불안 위에 위태롭게 지속하는 영원을 포착하는 일이기도 하다.

박솔뫼의 소설에서 잠은 항상 중요한 모티프로 작용하

고 그는 최근에 동면에 대한 소설을 여러편 쓰기도 했다. 동면 연작은 아직 지속 중인 작업이고 그것이 우리를 어디에 데려다줄지 아직 정확히 알 수는 없지만, 아마도 그가 동면이라는 모티프에 이끌린 이유 중 하나는 그것이 우리의 취약성을 드러내주기 때문일 것이다. 잠은 우리에게 필수적이지만 우리가 가장 무방비상태에 놓이는 순간이기도 하다. 이 무방비상태는 나를 지켜봐줄 누군가를 요청한다. 그래서 박솔뫼의 소설에서 보다 긴 잠인 동면에는 늘 '가이드'가 필요하며, 그렇기에 "동면의 시작은 공동생활"(53면)일 수밖에 없다(「건널목의 말」). 잠은 내가 그 안에서 스스로 닫히는 가장 내밀한 순간인 동시에 함께 있음의 바로 그 형식이기도 하다. 또한 잠은 나에게 속한 것이지만 내가 인지하지 못하는 것으로, 그러한 이중적인 의미에서 타인을 향한 열림인데, 이 열림 속에서 나는 타인을 요청할 뿐 아니라 나 자신에게서조차 타인이 된다. 나는 잠들어 있는 동안 내가 아닌 다른 사람이 되고 다른 생을 살다 눈을 뜨면 다시 돌아와 어젯밤에 보다 잠들어버린 영화의 내용을 전해듣는 것처럼, 나의 이야기를 내가 전혀 모르는 다른 사람의 이야기인 것처럼 전해듣는다.

소실되고 남는 말들

전해듣는다는 것은 "배를 타고 바다를 건너 다른 곳으로 가는 행위가 국가의 성립에 따라 다르게 분류"(78면)되는 것처럼 단순히 무언가가 전해지고 이어진다는 것, 연결된다는 것을 의미하기도 한다. 이렇게 뭔가가 이어지는 것들이 박솔뫼의 소설에는 많이 등장하는데, "고등학생들은 크고 자라서 또다른 새로운 아이들에게 농구와 농구하는 예의를 가르"(67면)침으로써 어떤 규범과 규칙들을 지속시킨다(「농구하는 사람」). "조선시대 말 박해받던 기독교인들이 종이에 성서를 옮겨 적어 각자 보관하여 성경 말씀을 나누었다는 자료"(125면)로부터 우리는 말의 기록과 전해짐을 보며(「스기마쓰 성서」), "옛날에는 동물뿐 아니라 인간들도 동면을 했다는 것인데 현재 주변에서 겨울을 유난히 힘들어하는 사람들은 먼 조상의 기억에 남아 있기 때문일지도 모른다는 이야기"(46면)는 우리의 육체를 통해 이어지는 기억에 대해 말한다(「건널목의 말」). 이렇게 전해지는 것들은 물론 언제나 내용의 소실과 변형이라는 위험에 노출되어 있다. 「극장을 사버림」에서 영우가 "나이 든 사람들의 말을 곧이곧대로 믿을 수 없다"(220면)고 생각하는 것도 따라서 자연스러운 일이다. 그럼에도 박솔뫼가 이런 이어짐에 모종의 신뢰를 보내는 까닭은 그가 그로부터 어떤 내용의 완벽한 보존이라는 것을 애초에 기대하고 있지 않기 때문이다. 오히려 중요한 것은 우리가 이러저러한 내용을 잊었을 때 그것이 단순한 연결로 드러난다는 것, 즉 연결이라는 형식 자체이다.

> 이 집에서 어릴 때 몇년간 세를 들어 살던 아이가 이사를 가 (…) 아무 일도 아닌 이유로 다시 아미동에 들러 비석을 보았을 때 기억 저편에 있던 획수와 모양이 너무나 분명하게 떠오르게 될 것이다. 혹은 그가 부산을 떠나 서울에서 학교를 마치고 회사를 다니며 살다가 일본으로 출장을 가게 되어 어느 회사의 직원과 고개를 숙이고 각자 명함을 교환할 때 명함 속 이름에서 어린 시절 살던 집의 기둥으로 쓰던 비석의 글자를 찾아내게 될 것이다. 너무나 분명하게 찾아오는 글자의 모양. 하지만 어쩌면 그런 순간들이 와도 모든 것을 잊어버리는 것이 당연한 것일지도 모

르겠다. 나는 아직 잘 모르겠다. (「스기마쓰 성서」 134~35면)

아직 잘 모르겠다는 주저함 속에서이긴 하지만, 여기서 연결의 핵심으로 작용하는 것은 글자로 표현된 내용이 아니라 글자 자체, 그것의 "획수와 모양"이다. 그가 눈앞의 사람과 고개를 숙이고 명함을 교환할 때 자신의 내부에서 함께 교환하는 것—"어린 시절 살던 집의 기둥으로 쓰던 비석의 글자"와 "명함 속 이름"의 교환—은 어떤 공통적인 의미도 포함하고 있지 않으며, 공통적인 의미를 떠나 그 어떤 의미도 가지고 있지 않다. 이러한 연결은 그저 발생하며 이 발생 외에는 아무것도 요구하지 않는다. 그것은 그저 "어떤 순간들이 접혀 땜질을 한 것처럼 어떤 사람이랑 어떤 사람이랑 접붙인 것처럼 이음새가 느껴지는"(189면) 감각이다(「매일 산책 연습」). 바로 이 감각으로부터 하나의 평면이, 지나갔거나 아직 오지 않았거나 역사적이거나 물질적인 모든 것이 지금 이 순간과 맞닥뜨릴 수 있는 평면이 생겨난다. 그것은 박솔뫼의 글쓰기가 펼쳐보이고 횡단하는 그 평면이기도 하다.

광장이라는 공을 더듬기만 하면 되는 건가 (…) 천안문 정도를 이웃으로 두고 매일같이 오가야 광장이라는 것을 이해할 수 있을 것이다. 무척 넓고 사람이 오간다. 많은 사람이 지나가고 누군가는 올라서서 큰 소리로 말을 한다.

> 공을 던지세요.
> 그렇게 던지면 안 되죠.
> 보통 잘 못 던지는 사람이 그렇게 던지는데.
> 제대로 던져보세요. (「농구하는 사람」 72면)

많은 사람이 지나가는 광장에서 누군가 올라서서 큰 소리로 말한다. 그 말이란 우리가 익숙하게 알고 있는 말, 연단에 올라 마이크를 쥐고 해야만 하는 말 꼭 들려야 하는 말 중요한 말이다. 그러나 박솔뫼의 소설에서 그러한 말이 와야 할 자리에 오는 것은 "공을 던지세요."라는 작은 소리로 말해지는 말, 바로 앞사람에게만 하는 말이다. 그리고 이 서로 다른 말들은 그것이 말하는 내용과 말해지는 맥락과 무관하게, 어쨌든 그것이 우리가 서로에게 하는 말이라는 가장 단순한 차원에서의 연결을 다시 획득

하는데, 이는 또한 "광장이라는 공"과 우리가 손에 쥐고 던질 수 있고 받을 수 있는 동그랗고 작은 "야구공"(72면)이 "땜질을 한 것처럼" 연결되는 그러한 평면 위에서의 일이다. 이와 마찬가지로 어쩌면 누군가와 말을 할 때 중요한 것은 말의 내용이 아니라 우리가 말을 하고 있다는 사실일 것이다. 박솔뫼의 소설에서도 어떤 대화가 이루어지지만 그것의 내용은 밝혀지지 않는 경우가 있다. 「농구하는 사람」의 화자는 "나는 농구를 하는 사람에게 피하고 싶은 사람과 상황에 대해 어렵게 털어놓았고 그는 진지하게 나의 이야기를 들어주었다. 그가 나의 감정에 깊이 공감해주었던 것이 기억이 나는데 그런데 그가 뭐라고 조언을 해주었는지는 금세 잊어버렸다"(79~80면)고 말한다. 그가 조언을 해준 내용은 기억나지 않아도 대화가 이루어졌다는 사실과 그때 "그가 나의 감정에 깊이 공감해주었던" 기억은 남아 있다. 어쩌면 이와 같은 맥락의 장면이 「매일 산책 연습」에서 반복된다. 최명환의 집에서 지내며 어떤 의미에서는 1980년 광주의 반복이라고 할 수 있는 부산미문화원 방화사건에 대한 이야기를 탐색하던 도중 화자는 최명환에게 미문화원에 불이 났던 날의 이야기를 듣고 또 그가 그곳에 "불을 붙인 학생 중 한명과 같은 성당에 다녔다는 이야기"(182면)를 듣는다. 그 학생의 이름은 김은숙인데, 화자는 작품의 끝자락에서 최명환에게 김은숙에 대해 묻는다.

> 나는 최명환에게 그런데 김은숙씨는 어떤 사람이었냐고 물었고, 창 앞에 서서 아래를 내려다보던 최명환은 나의 목소리가 안 들리는 것처럼 눈을 찡그리고 (…) 그런데 지금은 내 옆에 나와 나란히 소파에 앉아 나의 질문에 그는 물었다.
>
> —너는 그 사람이 어떤 사람인지 들을 수 있겠어?
>
> 나는 고개를 끄덕였고.
>
> —네가 준비가 되면 나는 말할 수 있지.
>
> 나의 대답을 들은 최명환은 어떻게 김은숙을 알게 되었는지 이야기하기 시작했다.

최명환의 이야기를 다 듣고 다시 잠을 자려 침대에 누웠다. 가끔 잠이 오지 않을 때 눈을 감고 길을 걷는 생각을 했고 이것을 가상 산책이라고 부르고 있으며 그날도 눈을 감고 산책을 했다. (190~91면)

화자가 최명환에게 김은숙이 어떤 사람이냐고 물었을 때, 최명환은 화자의 옆에 나란히 앉는다. 그 이야기를 들을 수 있는지, 들을 준비가 되었는지를 묻고, 그리고 그가 "이야기하기 시작했"을 때, 그 내용은 마치 이야기가 시작되었다는 사실 자체가 갖는 강렬함에 압도되어 소실되어 버리는 것 같다. 쏟아지는 흰 빛 때문에 사물들이 시야에서 사라지는 것처럼, 여기서 우리가 보는 것은 두 사람의 나란히 앉음, 다시 말해 연결 자체, 그리고 연결된다는 것 말고 다른 어떤 것도 의미하지 않는, 오로지 형식적이라는 의미에서 순수 연결이라고 부를 수 있는 어떤 것이다.

그리고 이 빛은 "최명환은 어떻게 김은숙을 알게 되었는지 이야기하기 시작했다"와 "최명환의 이야기를 다 듣고 다시 잠을 자려 침대에 누웠다"라는 문장 사이의 여백으로 드러난 종이의 흰 빛이고, 그것은 우리가 만질 수 있는 빛이며 또 스기마쓰 성서의 어떤 내용도 없이 펄럭이는 흰 종이들처럼 바람에 흔들릴 수 있는 빛이다. 루카치는 그 유명한 서두에서 "별들이 발하고 있는 빛"과 "영혼 속에서 타오르는 불꽃"*이 근본적으로 동일하게 느껴지던 시대를 그리워하지만 박솔뫼에게는 아득히 높은 곳으로부터 내려오는 빛과 그로부터 보장되었던 동일성에 대한 향수와는 다른 빛을 발견한다. 그것은 "스무살 안팎의 젊은 여성 네명"(165면)이 미문화원에 붙인 불이고(「매일 산책 연습」), 우리가 언젠가 살아보았던 집에서 잠들 때 "초여름의 오후이고 창에서 들어오는 햇볕"(192면)이며, 또 어느밤에 "고가도로와 그 밑을 지나는 택시와 지면과 차의 불빛"(92면), "걷다가 어둡고 경사진 골목에서 한 건물만 불빛을 밝히고 있을 때 이런 것만을 계속 생각하"(91면)게 되는 빛이기도 하다(「농구하는 사람」). 이 빛들은 우리에게 "갈 수가 있고 또 가야만 하는 길"**을 알려주는 것이 아니라, 오히려 우리가 먼저 어딘가를 가다보면 마주칠 수도

* 게오르그 루카치 『소설의 이론』, 박성완 옮김, 심설당 1998, 25면.
** 같은 책, 25면.

있는 무수한 빛들이며, 우리를 그 어느 곳으로도 인도하지 않고 여전히 어떤 영혼도 지니지 않은 채로 그저 거기에 있다는 사실로부터 서로 연결된다. 우리는 그 빛들로부터 그곳에 또 누군가가, 무엇인가가 있음을, 우리 자신처럼 그렇게 있음을 확인하게 된다. 산책은 그렇게 거기에 있는 사물들을 만나고 그것들의 그곳에 있음을 확인하는 방법이다.

그렇게 나는 자꾸만 길을 걷게 되었고 길에는 무엇이 있나 무엇이 떨어져 있는 듯이 그대로 서 있나 어떻게 생겨나 어떤 식으로 살아가고 있는가를 자꾸만 찾아보고 수첩에 쓰게 되었다. 수첩과 펜은 늘 주머니에 있었고 나는 그걸 잊어버릴까 펜에 줄을 달아 수첩과 연결해두었다.

나는 볼펜이 달린 수첩을 늘 몸에 지니고 어느 순간 눈에 보인 것들을 적어가기 시작했다 (…) 아무리 글을 많이 쓰더라도 수첩은 늘 내 주머니에 있었고 수첩에는 고무줄을 묶은 볼펜이 달려 있었다. 나는 그것을 늘 몸에 지니고 다녔다. (「열두명의 여자들과」 120~21면)

이 연결은 결국 펜과 수첩을 연결하는 줄이자, 그렇게 연결된 수첩과 펜을 "늘 몸에 지니고" 있는 일, 또 그것을 늘 몸에 지니고 다녔다는 말을 자꾸 반복하는 일이다. 그리고 소실된 말들, 이 여백을 가득 채운 말들은 어디로 가는가? 우리는 질문에 대한 답을 이미 알고 있는데, 이제 우리는 박솔뫼의 소설에서 왜 모두가 돌아오지 않는 고립된 공간이 수수께끼 같은 희망을 품고 있는지 알 수 있다. 우리가 돌아오지 않는 사람들이 돌아오지 않고 머물러 있는 공간을 그려볼 때, 그곳에 대한 글을 쓸 때, 그것은 그들이 돌아오지 않는다는 사실을 부정하거나 혹은 그들과 함께 있는 어떤 환상 속으로 도피하는 것이 아니다. 반대로 그것은 그들이 돌아오지 않는다는 것을 받아들이는 방식이며, 단지 그들이 거기에 여전히 있는 장소를 보존하는 일, 그 시간과 우리는 결코 동떨어져 있지 않으므로 여전히 같은 곳에 속해 있다는 믿음으로부터 그들에게 거기 있어도 괜찮다고 말하는 것, 그것이 끝나지 않을 것임을 믿는 일이다. 그래서 우리는 이 모든 것들을, 이미 수없이 반복되었고 앞으로도 반복될 말들을 계속 다시 말해도 괜찮을 것이다. 이제 아래로 이어질 인용은 아주 오래 전부터 내가 듣고 싶었던 말이자 마치 언젠가 내가 했던 말인 것 같아서, 그 인사 말고 다른 것을 덧붙이지 않아도 괜찮을 것 같다.

말하세요 당신이 백번 말하게 될 것을. 말하세요 당신이 천번 말하게 될 것을. 우리는 말하고 우리는 듣습니다. 우리는 만들고 우리는 이해합니다. 걷다가 뛰는 사람들 뛰는 사람들 걷는 사람들 느린 사람들 말하세요 (…) 그 사람은 어디를 가려고 하고 있다. 어디를 어딘가를 어딘가만을 계속해서 가려고 계획하고 있다. 그 사람은 여기가 어디인지를 너무나 정확히 알아서 어딘가만을 계속해서 계획한다. 나는 그 모든 것을 말하고 그것을 나는 듣는다. 그리고 나는 그것을 이해하고 그것이 분명한 것이 되어 남는다. 나는 그곳에서 눕고 잠을 자고 일어나고 걸었다. 끝으로 인사를 해본다면 안녕 잘 자. 나도 자는 것이 무척 중요했다.
(「농구하는 사람」 91~92면)

| 작가의 말 |

며칠 전에는 소설을 쓰면서 무척 재미있다고 느꼈다. 사실 예전에도 줄곧 재미있었다. 이전의 재미와 지금의 재미는 어떻게 다를까. 재미가 아닌 다른 것에는 무엇이 있을까. 그게 무엇일까 싶을 때도 있지만 그걸 더 생각하게 되지는 않는다. 그쪽으로 고개를 돌리고 싶다는 생각이 들지 않는 것이다. 나는 지난 일들을 자주 생각하고 과거에 한 일과 하지 않거나 못한 일에 대해 종종 후회하고는 한다. 툭하면 반성을 하는 편이다. 과거라는 것을 자주 생각하고 그리워하고 책을 꺼내보듯 펼쳐보게 된다. 그런데 소설에 관해서는 그런 마음이 거의 들지 않는다. 이전의 재미와 재미만이 아닌 다른 것들이 궁금하지가 않다. 그게 대체 뭐였을까? 어쩌면 이 책에 그런 것이 있을까

그럴지도 모르겠다.

그렇지만 역시 소설은 조금 이상해서 내가 예전이라고 생각하는 것이 예전이지만은 않다고 이야기를 한다. 나라고 할 말이 없는 것은 아니다. 그런 대화들을 나누면서 책이 나오게 된 것이 아닐까?

2021년 2월

박솔뫼

| 수록작품 발표지면 |

우리의 사람들 ……『문학과사회』 2016년 여름호

건널목의 말 …… 문장 웹진 2019년 3월호

농구하는 사람 ……『광장』(워크룸프레스 2019)

이미 죽은 열두명의 여자들과 ……『Axt』 2016년 1/2월호

펄럭이는 종이 스기마쓰 성서 ……『들어본 이야기』(미디어창비 2020)

자전거를 잘 탄다 ……『열일곱』(알라딘 2016)

매일 산책 연습 ……『열 장의 이야기와 다섯 편의 시』(미디어버스 2020)

영화를 보다가 극장을 사버림 ……『창작과비평』 2019년 가을호

우리의 사람들

초판 1쇄 발행 • 2021년 2월 10일
초판 2쇄 발행 • 2021년 4월 19일

지은이 / 박솔뫼
펴낸이 / 강일우
책임편집 / 이해인
조판 / 박지현
펴낸곳 / (주)창비
등록 / 1986년 8월 5일 제85호
주소 / 10881 경기도 파주시 회동길 184
전화 / 031-955-3333
팩시밀리 / 영업 031-955-3399 · 편집 031-955-3400
홈페이지 / www.changbi.com
전자우편 / lit@changbi.com

ISBN 978-89-364-3837-1 03810

* 책값은 뒤표지에 표시되어 있습니다.